Abel

Alessandro Baricco

Abel

Un western metafísico

Traducción de Xavier González Rovira

EDITORIAL ANAGRAMA
BARCELONA

Título de la edición original:
Abel
Giangiacomo Feltrinelli Editore
Milán, 2023

Ilustración: Thomas Bush IV (@tb4creative) / Unsplash

Primera edición: *octubre 2024*

Diseño de la colección: Julio Vivas y Estudio A

Pau Claris, 172
08037 Barcelona

ISBN: 978-84-339-2731-6
Depósito legal: B. 8924-2024

Printed in Spain

Romanyà Valls, S. A.
Verdaguer, 1, 08786 Capellades (Barcelona)

Para Gloria

El Oeste de los wésterns es un lugar en gran parte imaginario. El Oeste de este libro lo es más aún. Incluso cuando en estas páginas se mencionan nombres y tierras que efectivamente existieron o hechos que ocurrieron de verdad, en todos los casos se está inventando un mundo que es fruto por completo de la imaginación. Si, al crear un no-lugar como este, he podido ofender la sensibilidad de lectores concretos o de comunidades enteras, lo lamento. Aunque tampoco mucho, he de admitirlo, porque la libertad más absoluta es el privilegio, la condición y el destino de toda escritura literaria.

AB

SIENTO UNA VIBRACIÓN ENTONCES DISPARO

Siento una vibración, entonces disparo.

No sé, es como una vibración.

Desenfundo y disparo.

Un minúsculo temblor del mundo, eso es. Dura menos de un instante. Aprendí a percibirlo siendo muy pequeño, en las grandes soledades donde primero fui un niño, luego un hombre a los once años y al final un anciano a los diecinueve, cuando mi padre, John John, hizo mutis por el foro –lo degollaron, yo diría que con hastío, así fueron las cosas–, dejándome a mí, el mayor de sus seis hijos, para terminar el trabajo.

El trabajo era sobrevivir.

Mucha gente lo hacía, en aquella época, pero no todos con la técnica que nosotros habíamos elegido: nosotros trabajábamos como animales. Lo hacíamos en silencio, en las grandes soledades mencionadas, en los límites del mundo conocido: tan lejos de todo que nosotros lo éramos todo, y nuestra nada, la única noticia. Alrededor, la creación: la recuerdo infinita. Formaban parte de ella también los escasos seres humanos que se perfilaban en el horizonte, en días nunca anunciados, acercándose como espejismos al paso. Llevarse las manos a las armas era entonces un reflejo natural, inmediato, como rascarse una llaga. A menudo disparábamos antes de preguntar. Pero también, de vez en cuando, mi padre los acogía en la mesa, donde se esperaba que contaran algo, vaciando y llenando la cuchara. Nosotros permanecíamos de pie, apoyados contra las paredes. Los mirábamos. Me sorprendía que nadie tuviera un motivo real para haber atravesado lo indecible; no se entendía cómo demonios habían llegado hasta allí. Tampoco podía decirse que se hubieran perdido. Habían ido avanzando mientras encadenaban una impresionante serie de metas parciales, fruto de proyectos insignificantes, no pocas veces cobardes. Eso era todo. Así aprendí que la superposición en el tiempo de decisiones mínimas, teñidas de cobardía, puede llevar lejos, e incluso a una forma de poético heroísmo. La epopeya de los gilipollas.

A alguno lo liquidamos mientras dormía. Era casi hacerle un favor. Obviamente, por allí no teníamos médicos. Así que los liquidábamos, interrumpiendo sufrimientos que carecían de sentido. De órganos internos destrozados, o de heridas sin vuelta atrás.

Solo tres, que yo recuerde, llegaron guiados por un destino que tenían claro.

Uno sostenía que era hermano de mi padre. Se encerraron en los establos, a discutir el asunto, ellos dos y una botella de whisky.

Otro buscaba a Dios.

Y no he olvidado al tercero, un anciano con espuelas de oro. Dijo que había venido para ver a mi madre.

Aunque de mi madre aún no he hablado.

AQUELLOS ESPACIOS QUE YACÍAN MUDOS

Aquellos espacios que yacían mudos, en los límites de lo conocido, en el profundo Oeste, ahora ya no existen, se terminaron. Seguimos caminando, colocando traviesas y contándolas, haciendo que los caballos soltaran espumarajos mientras descargábamos pensamientos, hasta que en la cumbre de aquella andadura nos aguardaba el océano, sofocando así nuestra sed de tierra, para siempre.

Pero entonces no, seguían existiendo: espacios antes nunca vistos, tierras de las que no éramos conscientes. Se veían, más allá de la alambrada, al levantar la vista del trabajo. Era lo Intacto. Habitaba en la aparente ausencia del animal humano, y se redondeaba así en un único soplo de maravilla, sangre, esperma y horror. Era fácil percibirlo como una especie de misterio, pero también podía ocurrir que en algunos momentos de epifanía se nos apareciese como un origen, o la meta, en cualquier caso un destino. Parecía estar ahí desde hacía mucho tiempo, con la precisa tarea de *esperarnos.*

Sí, ahora resulta que nos estaba esperando a *nosotros.*

No a nosotros. A *todos nosotros.*

Qué raro eres, Abel.

Nos espera desde hace milenios.

Anda, vete un ratito a la mierda.

Entonces, mi hermano David picó de espuelas el vientre del caballo, y surcó lo Intacto con una hendidura al galope, gritando mucho, la hierba alta en el corvejón del alazán. Con la ilusión, lo sé, de estar violando algo, y el placer de hacerlo. Pero yo sentía que lo Intacto, en cambio, nos estaba esperando, y que tenía calculada desde siempre aquella hendidura: la conocía antes de que mi hermano pudiera imaginarla. Es así para todo, según descubrí más tarde en el fondo de mis insomnios. Ya hemos estado donde nunca hemos estado, y, de hecho, para ser sinceros, venimos de allí.

Mi hermano siguió galopando hasta que se hubo saciado, luego permaneció allí un rato, quieto, en su montura, como si se hubiera quedado sin otro propósito. Era una marioneta en la nada, pequeño. La hierba bailaba apenas en la brisa, a su alrededor, pero durante millas y millas.

Entonces mi padre murmuró algo.

Qué pastos.

Estaba viendo un proyecto donde aún solo había esencia, una utilidad donde todo carecía de propósito, su propia fortuna donde no había más que hierba.

Qué pastos.

Y sin nada más que añadir, sacó el Sharps de la

silla, sin prisa alguna. Un magnífico instrumento. Quinientos cincuenta y nueve milímetros de cañón, retrocarga accionada por percusión, cerrojo deslizante levadizo. Armado con cartuchos del calibre 52, solo necesitaba tres gramos de pólvora negra para propulsar 475 perdigones hasta tres cuartos de milla. A esa distancia –me enseñó el Maestro–, un hombre es un insecto, y dispararle, un acto artístico. Luego aclaró que la primera mitad del trabajo se hace con el ojo; todo el resto, con el alma. Porque a esa distancia el ojo te lleva delante del objetivo, no llega más allá. Es como una inclinación, dijo, sin ser capaz de explicarlo por completo. En cualquier caso, añadió, el alma percibe el momento en que el hombre al que disparas se alinea sin imprecisiones con el cañón de tu arma, y en ese instante percibirás como un aliento fugaz, o un lazo invisible tendido entre tu corazón y el suyo. En ese momento, dispara, concluyó.

Mi padre apoyó la culata del Sharps contra su hombro y levantó lentamente los 559 milímetros del cañón, como si estuviera colocando bien un detalle que se le había escapado a la creación. Los detuvo en una línea inmaterial que unía su ojo izquierdo con la silueta, minúscula, de mi hermano, pasando por la mira en vilo sobre el borde del cañón. No sabía qué quería hacer, pero no recuerdo haberme preguntado nada. Disfruté del largo silencio que siguió. Yo tenía, aquel día, quince años y noventa y siete días. Mi padre apretó el gatillo.

Lo que salió del cañón era la primera bala que había surcado nunca lo Intacto. Arañó aquella luz como un diamante letal sobre la superficie de un espejo mágico. Nunca he olvidado aquel sonido.

Era el principio absoluto. Todo lo demás vendría después.

Era el puro amanecer de un mundo. Todo lo demás sucedería después.

Así comprendí el primer versículo del Evangelio de Juan, y desde entonces conozco el significado de la palabra *Verbo*, que fue en el principio, según Dios. Suelo relacionarlo con el aroma de la pólvora. Incluso ahora no logro apretar el gatillo sin la sensación de pronunciar las primeras palabras de ese Evangelio. Así que lo hago sin equivocarme. Evidentemente, aquel disparo de Sharps me marcó: en cierto modo, yo vengo de allí. Un día me permití la inconcebible frivolidad de contárselo a Hallelujah: yo nací un día al borde de lo Intacto, cuando mi padre disparó un tiro de Sharps y me di cuenta de que mi forma de crear sería revelar el misterio apretando el gatillo. Quería intentar explicarle por qué vivía de mis pistolas y de un Winchester 44. Ella se dio la vuelta cansada, me preguntó algo, pero por entre su pelo.

Mi hermano David me confesó años después que primero oyó el silbido de los perdigones rozándole, y solo después el seco tatlac, el mordisco mecánico del Sharps. De manera que, para él, el Verbo tenía los rasgos de un soplo, en latín *spiritus*, en griego *pneuma*, considerado por Anaxímenes el primer principio de todo. Probablemente por eso acabó como predicador en Socorro, invitando a legiones de fieles a amar al Padre.

En cualquier caso, aquella vez se volvió, estupefacto, hacia nosotros. Mi padre le hizo un gesto amplio, para que comprendiera que debía regresar. Era una orden, pero también, según comprendí años después, una oración, una caricia.

TAMBIÉN ESTABAN LOS SALVAJES POR SUPUESTO

También estaban los salvajes, por supuesto. Me cuesta hablar de ellos. Entre nosotros se llamaban absarokas, o makah. Y en la costa estaban los nootkas. Ni siquiera se nos pasaba por la cabeza que fueran humanos. Eso requirió tiempo. Eran parte de lo Intacto, de su esperma. Como los ciervos, las águilas o los lobos. Animales, los abatíamos. Bestias feroces, nos abatían. Pero ahora de lo que tengo que dejar constancia es de que solo he amado a una mujer, y se había criado entre los dakotas. Los que mataron a mi padre fueron dos absarokas; lo degollaron casi con hastío, así fueron las cosas. Al final comprendí qué es el aliento del mundo en una aldea payute, el invierno que pasé allí muriendo, y muriendo de nuevo, y luego viviendo. ¿Cómo comentar todo esto? Esos salvajes están en la nervadura principal de mi vida. Como una grieta en una pared. ¿Habrá temblado alguna tierra para generarla o fue una perturbación casual, fruto de una fatalidad?

En cierta ocasión se lo pregunté a Joshua, ese hermano mío que dicen que está loco.

Fui a visitarlo a la cárcel y le pregunté si el azar existía.

Él se quedó un buen rato canturreando suavemente no sé qué canción. Luego se inclinó hacia mí y habló en voz muy baja. Dijo que el azar existe, sí, pero de forma ocasional. Es una variante periférica de lo real. Añadió que, cuando uno ha vivido lo suficiente para comprender, lo que se llega a comprender es que somos segmentos de figuras más grandes. Incapaces de leerlas, vemos sucesos casuales donde, por el contrario, circula el perfil de formas en las que están escritos los nombres del mundo: inmensos pictogramas. Con cierta imprecisión, muchos definen esa escritura –innata al hombre– con la palabra *destino*.

Lo dijo abriendo mucho los ojos.

Entonces gasté lo que me quedaba de vida buscando el dibujo del que yo era una pequeña parte y segmento.

Es lo mejor que he hecho.

LOS NOOTKAS CAZABAN BALLENAS DESDE SIEMPRE

Los nootkas cazaban ballenas desde siempre. Los caballos les importaban un bledo. Los bisontes, menos todavía. Cazaban ballenas. Una primavera, tras derretirse los hielos, un herrero que se llamaba Bill Hamerton encontró sentado delante de su casa a un hombre nootka vestido como un blanco, y todo esto ocurría a unas cincuenta millas de la costa. En un pueblo minero de las montañas. Bill Hamerton le dijo que se largara de allí. El hombre nootka sonrió, mostrando unos dientes inesperadamente resplandecientes. No se movió. Al día siguiente se pudo ver a otros cuatro hombres nootkas, todos ellos vestidos como blancos –chaqueta pantalón zapatos sombrero–, apoyados contra una pared o sentados al borde de un escalón. Parecían muy cansados, pero también firmes e inevitables. Más tarde, la esposa del reverendo Smith se topó con uno de ellos sentado en su casa. El sheriff tuvo que ocuparse del asunto. Con cierta cortesía, todo hay que decirlo, pero aquello no podía durar. El primero en disparar fue Rogers, el cazador. El hombre nootka se desplomó en el suelo y una mancha de sangre insólitamente pequeña se extendió bajo él. Muchos dispararon entonces, pero, cuantos más nootkas caían, más se les podía encontrar por ahí, con el hombro apoyado en un porche o las nalgas apretadas contra una valla. No hablaban nunca. Morían sin una queja. Se hizo patente que, cuando llegaron los primeros calores, desde el sur, con los vientos del desierto, dejaron de sonreír. Ahora uno podía encontrárselos en el dormitorio, al despertar, en un rincón; o a la entrada de la iglesia, antes de que abriera. Te miraban. Murieron decenas de ellos, y entonces, delante de los establos de Cormack, sentada en un taburete, apareció la primera mujer nootka. Tenía una larga melena gris, sujeta con una cinta de piel humana. Entonces, en las familias, las madres empezaron a gritar en la noche, y los niños, a abrir los ojos de un modo antinatural. Los primeros en abandonar la ciudad fueron los Preston. Cargaron todas sus cosas en un carro y se marcharon de allí. Luego los Reynolds, y los Stenton, y John Gwyn, después los Marble, los Scott y uno de los dos hermanos Green, el otro se pegó un tiro en la boca después de haber degollado a la mujer nootka que encontró sentada en su cama. A principios de agosto se marcharon los últimos, eran los Norton. Los rostros eran fantasmales. Un gran silencio cayó sobre la pequeña ciudad minera, tan solo se oía la respiración de cientos de hombres y mujeres nootkas, repartidos por todas partes, mudos. Duró quizá unos días. Luego empezaron a caerse los letreros, las paredes, los porches, como corroídos desde dentro. La madera se convertía en polvo, tal vez en ceniza. Un día, al amanecer, nadie recuerda cuál, una mujer nootka se levantó y lentamente se puso a caminar hacia la costa. Los demás la siguieron, lo hicieron siseando entre los labios sordas melodías. Parecían cansados, pero firmes e inevitables. Toda la Main Street se derrumbó entonces, cuando aún se los podía ver, cada uno por su cuenta, dando un paso tras otro, hacia el mar. La madera se pudrió, el cobre se gastó, todos los cristales se fundieron, el metal se doblaba sobre sí mismo, la plata ennegrecía, el oro desapareció, la ciudad entera se desvaneció a la vista y al sentir del corazón.

En los tormentosos días extremos del verano, los últimos, los nootkas volvieron a la caza, con la esperanza de encontrar alguna ballena tardía.

PERO VOLVIENDO AHORA POR UN MOMENTO

Pero volviendo ahora por un momento a aquel disparo de Sharps –el disparo de mi padre que rozó a mi hermano, allá en la hierba infinita–, años después tuve la oportunidad de entender algo más al respecto. Había pensado a menudo en el riesgo absurdo: treinta centímetros más a la derecha y el cráneo habría estallado como una fruta podrida. A esa distancia, hay que añadir, un error de treinta centímetros, con un Sharps 559, ni siquiera es un error, es algo que el mero viento, si quisiera, podría decidir: el viento. Así que mi padre no había descartado por completo reventarle la cabeza a su hijo. Ahora quedaba una cosa por entender: ¿qué reverberación de sí mismo, hasta ese punto tan valiosa, o del mundo, hasta ese punto tan rara, creía mi padre que salvaba al decidir apretar el gatillo?

Años después, cuando Hallelujah Wood se marchó de mi vida por tercera vez, aparté la cortina de la ventana del primer piso del hotel Star y me quedé mirándola mientras subía por la Main Street, bajo una fina lluvia de la que ella no parecía percatarse. Solo había perros por la calle; y ella. Caminaba de aquella forma orgullosa suya. Yo sabía con exactitud que no iba a detenerse, ni se volvería para ver si yo estaba. Se estaba marchando, era lo correcto. Yo la miraba. Era objetivamente irresistible en su soledad y determinación. A medida que se alejaba, se iba haciendo cada vez más pequeña, y en un momento dado sentí que estaba como cruzando un umbral y que, traspasado ese umbral, se perdería para siempre. No sé qué, pero me pareció imposible que tuviera que hacerlo tan sola. Sin mí, pensaba. Eso es, *sin mí*. Así que aferré mi Winchester, descorrí el cristal de la ventana, doblé una rodilla, apoyé el cañón en el alféizar dejando que sobresaliera bajo la lluvia, coloqué la culata en el hueco de mi hombro, agaché la cabeza, cerré el ojo derecho y apunté, sin prisas. Lo evalué todo: no se me había escapado el viento, sabía cuánto había bebido yo, conocía la molestia de la lluvia, cuántos años hacía que era un hombre. Me pregunté qué quería: rozarla, respondí. Podrías matarla, me dije; lo sé. Pero, por otra parte, un disparo lejano ella ni siquiera lo notaría, pensé con disgusto. Mantente cerca entonces, pero no tiembles, pensé.

A esa distancia, habría dicho el Maestro, no eres dueño de tu destino, ni del suyo. ¿Quién es el dueño, entonces?, le pregunté. La *intención*, dijo. Él estaba convencido de que quien imagina con pureza y fuerza reduce entonces el espacio del error a un soplo, a un matiz. Decía que, si un corazón fuerte imprime una intención a lo creado, lo crea. Allí donde incluso la exactitud es imposible, siempre es posible la limpieza de un acto justo, para un hombre justo.

Esperé. Sentí una vibración. Disparé.

Ella se detuvo. Por un momento permaneció inmóvil. Luego se volvió y gritó mi nombre, mi nombre y apellido, Abel Crow. Yo estaba demasiado lejos para oírla de verdad, pero estaba claro que había gritado mi nombre con toda la rabia que le cabía en el cuerpo. Añadió algo así como «hijo de puta», o una frase semejante. Estaba lejos, no lograba oírla bien. Pero había gritado mi nombre, de eso estoy seguro. «Abel Crow.»

Lo que quiero decir es que mi padre quería a mi hermano David, así que lo acarició. O le dijo «Detente». O le dijo con suavidad «Vuelve». Podría haberlo hecho poniéndole la mano sobre el hombro y apretando con calma los dedos. Pero mi hermano se había ido lejos, permanecía en vilo sobre un umbral, allí, en medio de la hierba alta, y ya tenía un pie en el foso de cierta soledad. A esa distancia, ¿qué puede hacer uno sino disparar? Dime una cosa, cualquiera, que puedas hacer quedándote donde estás, siendo tú mismo, habitando el lugar que es tuyo, y seguir siendo de verdad. Si tienes la suerte de saber usar un Sharps, puedes disparar. Entonces creas un vínculo. Mantienes una cercanía. Conectas de nuevo algo que se estaba separando, una unidad valiosa.

A menudo pienso en ello cuando disparo.

Una vez, una mujer a cuyo marido yo había matado acabó metiéndose en mi cama, y, como me montaba con una furia que me asustó, llegué a preguntarle qué estaba pasando, y ella no dijo nada, pero después, cuando todo hubo terminado, me dijo que lo estaba «buscando a él». Él era su marido. Me explicó que, por más que había vivido con aquel hombre durante cuatro años, todos los días, y dormido, y hecho el amor, difícilmente había alcanzado en algún momento la intimidad –dijo «la intimidad»– que podía haber alcanzado yo cuando me planté delante de él, a la entrada de la ciudad, con las manos rozando las pistolas, todos los sentidos muy abiertos, el cerebro reducido a una rendija. Imaginaba el sagrario del que uno de los dos estaba extrayendo en ese momento los últimos instantes de toda una vida, y me dijo que, algo tan sagrado, ella no lo había experimentado, con ese hombre, ni siquiera cuando lo desvirgó, o cuando parió a su hijo varón o enterró a su padre cubriendo de tierra y de esputos su ataúd. Era muy inflexible sobre este punto, y añadió: quien mata a un hombre se confunde con él para siempre.

Le dije que me dejara en paz, que fuera a buscar a su hombre en los rasgos de sus hijos, en el color de sus voces. Tenía veinte años.

EL AÑO DE LA GRAN HELADA

El año de la gran helada fue mi decimosexto año. En el otoño no se podía vaticinar gran cosa. Pero en enero la temperatura se desplomó, como si alguien la hubiera dejado caer. Caía y no se detenía. Cuando se detuvo, ya no se movió. Salía el sol y no cambiaba nada. Se hacía de noche y no cambiaba nada. La Tierra se había detenido; en la rotación que conocíamos, algo se había atascado, y lo había hecho en el momento en que el agua se congelaba en la taza, los ríos se volvían de cristal sin flujo, los animales se dejaban caer de costado, todos los colores eran el blanco.

Durante el día trabajábamos, pero de noche, con el cuerpo inmóvil, aquel frío te presionaba la cabeza hasta doler. Era una muerte, lo sabíamos. Hacíamos que las bestias se tumbaran para acurrucarnos entre sus piernas, buscando el calor de sus vientres. Ellas no lo entendían. Temblaban. Desde lejos llegaba un aullido casi continuo, porque el alma del bosque agonizaba: durante el día llegaba en oleadas, atravesaba los pastos, nos alcanzaba, levantábamos la cabeza, como si alguien nos hubiera llamado; bajábamos de nuevo la cabeza sobre nuestro trabajo. Pero de noche: notábamos como un olor sin forma, que llegaba dentro de ese aullido indistinto, y no cesaba hasta el amanecer. No había defensa. Entonces mi madre se levantaba, se metía bajo nuestras mantas, y junto a ella volvíamos a ser animales cálidos, vivos. Nos estrechaba entre sus brazos, y con sus labios sobre nuestros ojos nos hacía sentir el cálido aliento que nada podía apagar. De vez en cuando deslizaba una mano entre nuestras piernas, y no tenía miedo de tocarnos, y de reanimar nuestra sangre. Nos corríamos en sus manos, dispersando el semen sobre el heno tibio. Entonces nos besaba en la boca y volvía a acostarse con nuestro padre. Si lo encontraba despierto, podía ocurrir que hablaran en voz baja, de cosas remotas, en una lengua oculta.

Después de aquel invierno, no dejó de hacerlo. Pero ocurría más bien en el tórrido calor del verano, debo añadir. Los cuerpos relucientes de sudor. Casi no nos tocaba. Abría las piernas y nos acogía dentro, era como una respiración. Podía ocurrir en el pozo, o entre la hierba alta. Todos nosotros sabíamos reconocer esa mirada.

El más pequeño de nosotros tenía diez años, por entonces.

Así fue hasta que nuestra madre se marchó.

SÉ CON EXACTITUD CUÁNDO

Sé con exactitud cuándo me convertí en leyenda.

Lo que pasó fue que los tres hermanos Roth salieron del banco, en la luz quebrada de la Main Street, arrastrando consigo a dos rehenes. No es algo que ese tipo de bandido haga de buena gana. Los rehenes son una molestia. Gritan. Se mean encima. Se desmayan. Pero, en fin, como yo estaba esperándolos fuera, yo y mis dos ayudantes, yo y un montón de gente cabreada, al salir uno, el más viejo, ese al que le faltaba algo en el cerebro, sostenía el cañón de su pistola contra la nuca del director del banco, un tipo que se llamaba Spinks. Balbució algo que nadie se preocupó de escuchar. Ya lo he dicho, era el hermano tonto. Todos sabíamos que la verdadera atracción aún estaba por llegar. Y, en efecto, a continuación salió de allí el más joven de los hermanos, Will, apretando un cuchillo contra la garganta de un crío. No sé bien por qué, pero había hecho que se quitara la camisa. Así que ahora se podía ver la piel blanca tensa sobre sus costillas, y casi un torbellino donde debía de estar latiendo el corazón. Los ojos del chiquillo estaban ausentes. El cuchillo presionaba lo suficiente para manchar de sangre ese cuello del que nadie habría dicho que saliera aliento alguno.

Y ese quién coño es.

Se lo pregunté a Scott, mi ayudante, él conoce a todos estos granjeros, yo tiendo a olvidarlo.

El hijo de los Amidon.

Los Amidon.

Esa gente es pobre, pensé. ¿Qué coño hace un Amidon en un banco?

Scott dijo que el chiquillo echaba una mano, de vez en cuando. Recados. Es impresionante cómo ese hombre lo sabe todo de todos.

Lo sabes todo de todos, ¿no?

Sí, jefe.

Mientras tanto, yo esperaba a que saliera Rebecca. Ella era la jefa, todos lo sabían. Rebecca Roth. Por lo que ella decía, era de verdad hermana de esos dos, aunque acerca de ese tema se decían muchas cosas. Yo sabía lo que había que saber: era la única inteligente de los tres, disparaba con la zurda, era feroz. Menudo marrón. Salió con su arrogancia de costumbre, las pistolas enfundadas, las manos en sus habituales guantes negros. No hay que imaginarse a una mujer hermosa, no lo era. Lo compensaba con un toque teatral.

Le lancé una mirada distraída, para no darle gusto, y luego me ocupé del más joven, el que llevaba el cuchillo. El crío, entre sus brazos, se sostenía de puntillas, como si eso hiciera que el cuchillo cortara menos.

¿Adónde vas con ese chico, Will?

El que llevaba al director Spinks me importaba una mierda.

Will esbozó una especie de sonrisa.

Dímelo tú, Abel.

Abel mis cojones, llámame sheriff Crow.

Se echó a reír, aunque en realidad no tuviera ganas de hacerlo. Era teatro.

Toca esas pistolas, sheriff Crow, y te despellejo al chico como a un animal.

En una situación semejante, que puede durar entre diez segundos y un par de minutos, a un buen sheriff se le reconoce por las palabras que elige, y por su tono. La lentitud con la que habla. Tiene que sacar el mejor partido de esa asquerosa mano de cartas, y el mejor partido es que esos cabrones se larguen de allí corriendo, soltando a los rehenes. Total, tarde o temprano uno los pilla. Más molesto es cuando se llevan consigo a esos pobres diablos: entonces vas de cabeza a un montón de problemas. Pero hay algo peor aún: alguien empieza a disparar y se cargan a esos pobres diablos. A lo mejor recuperas el dinero, eliminas a la banda, pero, verás, la gente no elige a un sheriff para que luego los masacren como a borregos en la Main Street, no es ese su plan.

Así que elegí mi mejor tono para preguntarle al más joven de los Roth qué coño esperaba de mí. Yo sabía que no lo sabía. Pero seguí mirándolo. Así que Rebecca tuvo que entrar en escena sin que los focos estuvieran dirigidos a ella.

Tú nos devuelves nuestros caballos y te quedas con el crío, dijo. Nosotros nos marchamos con ese imbécil con corbata y, si a alguien se le pasa por la cabeza venir a por nosotros, dejo al imbécil hecho pedazos sobre la pista. Empiezo por los trozos que no duelen demasiado, para que así me dure más. Orejas, lengua, cosas así.

Era su estilo. El pedazo de mierda en cuestión era el director Spinks.

A quien, por cierto, llevaba yo observando desde hacía un rato, con el rabillo del ojo. Con un rincón de mi cerebro. Había algo que no me cuadraba. No estaba sudando, por ejemplo. El chiquillo sí, llevaba una especie de muerte en los ojos. Pero el director Spinks, en cambio, esos ojitos suyos los movía bien vivos, controlándolo todo, rebotando de un lado a otro. O estaba más despierto de lo normal, o había algo que no encajaba. Necesito un poco más de tiempo, pensé con ese rinconcito de mi cerebro. Era pequeño, la mayor parte estaba utilizándola de un modo distinto, para dar con las palabras adecuadas, para evaluar las posibles líneas de tiro, para conseguir que mis hombres me rodearan. Luego estaba el habitual diez por ciento que utilizo exclusivamente para acordarme de Hallelujah Wood, para felicitarme por el hecho de que exista. Al final, el total siempre suma más o menos cien.

¿Bart?

Era el otro ayudante del sheriff. Viejo, medio roto, pero no hay muchos ayudantes de sheriff que citen de memoria a Voltaire. Lento con las pistolas, era el tipo de hombre que con el fusil le da en el cráneo a un bastardo a ciento cincuenta metros de distancia.

Bart, ¿serías tan amable de coger sus caballos y traerlos aquí?

Suelo tratarlo con mucho respeto. Por la historia esa de Voltaire.

Luego lancé una mirada a Scott. Se me acercó.

Hice un gesto como para limpiarme el sudor de la barba, pero por dentro tenía algo que preguntarle.

¿Qué me dices de Spinks?

Es largo de explicar.

Resume.

Difícil.

No me decepciones, Scott. Yo ni siquiera movía los labios.

Una mierda, dijo en voz baja.

¿Astuta?

Mucho.

¿Le ha dado él el trabajo al chico?

¿Cómo lo sabes?

Gracias, Scott. Prepárate, dentro de un minuto, todo habrá acabado. Liquídame al idiota, del resto me encargo yo.

Bart llegó con los tres caballos. Se movían mansos, parecían campesinos dispuestos a ir al trabajo. No tenían ni la más remota idea de lo que estaba a punto de ocurrir.

Yo, en cambio, sí tenía mi propia idea.

Eché un último vistazo. Aparte del asunto del sudor, la verdad es que era Spinks quien sostenía al tonto, y no al contrario. El tonto, más que nada, temblaba. Spinks lo sujetaba con fuerza, casi iba en busca del cañón de la pistola con la nuca. Era una bonita variación, tenía que admitirlo. El director del banco que se pone de acuerdo con tres bribones y se lleva una buena suma de pasta haciéndose pasar por un mártir. Seguro que el plan lo había trazado él. El detalle del chiquillo tenía toda la pinta de ser cosa suya. Mentalmente, actualicé la cuenta: de tres cabrones y dos rehenes, habíamos pasado a cuatro cabrones y un rehén. Parecía más sencillo. Busqué el dinero con los ojos. Una parte, en una bolsa que Rebecca llevaba en la cintura. Pero también había algo bajo el traje de Spinks, sin duda alguna. Tal vez algo bajo la chaqueta de Will. Había suficiente para pegarse una buena vida en algún lugar de México.

¿Rebecca? Lo dije con una voz casi cansada.

Ella apoyó las manos enguantadas sobre la culata de las pistolas. No era tonta.

Dejad el dinero aquí, completé.

¿En serio? Sonrió.

Podía ser *charmante*.

Llevaos si queréis a ese pedazo de mierda, pero el dinero lo dejáis aquí, aclaré.

Spinks protestó por alguna cosa, pero ni siquiera sé por qué. Yo tenía unos pocos segundos para calcular las posibilidades y no tenía tiempo para ponerme a escucharlo. Llamé a rebato a todo el cerebro que tenía, excepto, obviamente, ese diez por ciento con el que estaba recordando la belleza de Hallelujah Wood. Nunca dejo de hacerlo.

Lo que estaba valorando era la posibilidad de un buen Místico.

Si desenfundas y utilizas las dos pistolas para acertar simultáneamente a dos blancos diferentes, a ese disparo se le llama «el Místico». No gusta a muchos, es demasiado arriesgado. Por regla general, los pistoleros suelen desenfundar con su mano preferida y luego disparar en rápida sucesión a los dos blancos, amartillando el arma con la mano libre. Naturalmente, entre el primer disparo y el segundo transcurre un instante: ahí puede que te peguen un tiro si delante de ti tienes a gente despierta. Pero desenfundar ambas pistolas, disparando al mismo tiempo a dos blancos diferentes, parece en principio una técnica aún más arriesgada, dado que implica la capacidad, casi sobrenatural, de fijar la mirada en un tercer punto, vacío, más o menos a medio camino entre los dos blancos, y en ese punto ver dónde hay que acertar sin verlo realmente, mejor dicho, entregándose a una especie de mirada retrasada, o embotada, incluso obtusa, que el Maestro se atrevía a comparar con la mirada de ciertos Místicos. De ahí su nombre.

No sé por qué, pero a mí me encanta el Místico. Lo ejecuto cruzando el tiro. Con la derecha disparo al blanco de la izquierda, y viceversa. Si uno prueba a hacer ese gesto, tal vez pueda explicarlo. Las líneas de tiro, al cruzarse, conservan en el centro el tercer punto, ese en el que se fija la mirada vacía para verlo todo. En este abrazo lo mantienen sujeto, y mientras tanto trazan una elegante figura geométrica: en esto encuentran una autoridad que yo valoro. Al fin y al cabo, antes de que las cosas se convirtieran en cosas, sostenía Kepler, Dios era geometría en estado puro.

Poca gente sabe que la madre de Kepler fue acusada de brujería y luego absuelta tras un juicio que duró seis años. La defendió su hijo.

¿Dónde me había quedado?

Ah, sí.

Así que, mientras pronunciaba palabras inútiles, pero útiles para congelar aún un momento las cosas, lo vi como en una profecía: desenfundo, les doy a Rebecca y a Will con un Místico, el hermano tonto reacciona instintivamente, aprieta el gatillo, le hace papilla la cabeza a Spinks, el chico descamisado huye, Scott se carga al tonto, yo enfundo las pistolas, me he cargado a una banda de cuatro cabrones, he salvado al rehén, he recuperado el dinero, amén. Me puse a calcular las posibilidades de éxito. No llegué al final. Sentí una vibración. Joder, esa chica era buena. Había empezado a desenfundar. Debía de haberse dado cuenta. Era necesario apagar todos los pensamientos y convertirse en velocidad y precisión. Lo hice.

No sé la gente, pero Dios oyó cinco disparos en un instante y vio a un chico con el torso desnudo que salía corriendo, sano y salvo, escabulléndose entre cuatro cadáveres: Rebecca, Will, el tonto y ese gilipollas de Spinks.

El quinto disparo no me cuadraba. Claramente sobraba. Miré hacia abajo, vi la mancha de sangre extendiéndose por mi camisa, a la altura del costado. Qué buena era Rebecca, joder. Entonces sentí el dolor. Luego nada más.

Cuando me recobré, estaba en el médico y en todos los periódicos.

Aquel día me convertí en leyenda. Tenía veintisiete años, porque los años pasaban aún de forma lineal, entre un antes y un después. Me gustaba la gloria, sabía disparar y aún tenía pensamientos que se ordenaban de forma lineal, enlazando sueño y realidad. No duraría mucho, me aguardaba cierto destino. No dejaría en pie nada de esa épica de mierda.

DE REGRESO DEL POBLADO ABSAROKA

De regreso del poblado absaroka, nos sorprende la tormenta. Nubes y relámpagos, viaja deprisa. Mi padre detiene el caballo, sacamos nuestros guardapolvos, nos encerramos bajo las solapas como a veces nos encerramos en nuestros pensamientos. El Stetson bien calado en la cabeza. Las primeras gotas son gordas, caen al azar, como si fueran un error, un resto. Pongo a resguardo la pistola, bien debajo de la ropa, siento cómo me presiona la piel. Paso una mano por la crin de Red y la aliso. Tengo once años. La muralla negra nos da de lleno.

Mi padre pone el caballo a un galope ligero, una andadura ambigua. Sabe mantenerla a través de los rápidos que se desploman del cielo y a través de las cuchillas de agua que cortan los ojos, pero no resulta sencillo seguirlo montado en mi caballo, que no tiene las mismas patas, ni yo la misma cabeza, soy un niño. Una oscuridad antinatural se precipita sobre nosotros, los relámpagos azotan la negrura y los truenos tienen la sequedad de un Sharps. Me agacho sobre Red porque siento su extraña calma de animal salvaje, erudito de todas las naturalezas malignas, y quiero aprender de él, lo necesito urgentemente. Es hermano mío, en este instante, y le estoy agradecido mientras veo a mi padre alejarse cada vez un poco más dentro de esas murallas de agua, cada cierto tiempo desaparecer y luego reaparecer en su apalusa. Intento mantenerme detrás de él, pero el camino se ha vuelto pesado y Red se resbala hacia atrás por una pendiente invisible de barro. Me pongo a hablarle, pues, para explicarle lo importante que es que ahora consigamos seguir tras el fantasma de mi padre, a pesar del agua, la oscuridad y el barro, porque, le explico, nuestro mundo, el de los dos, es solo un fragmento que se mantiene unido no por mi voluntad, ni por mi sabiduría, sino por la presencia de ese hombre que durante un tiempo aún, no sé cuánto, conoce lo que ignoro y que es para mí la piedra sólida sobre la que apoyar mi imaginación mientras construyo al hombre que seré. Se lo explico bien y él se pone a tascar el diluvio.

Pero no veo reaparecer a mi padre, tragado por su cabalgata flotante, ha desaparecido de mi vista. Me pierdo en una larga apnea, aguardando de nuevo a su fantasma, pero el tiempo se alarga y él no reaparece. Me pongo a gritar, porque tengo once años. Cabalgo enloquecido y miro fijamente la oscuridad delante de mí, sabiendo que estoy perdiendo el cabo de una soga sin la que nunca más voy a poder subir a bordo, ahogándome en esa empapada carrera a ciegas. El agua está derrotando la tela y el cuero, cala hasta las últimas capas y llega gélida a la piel. Un relámpago rasga la oscuridad, luego estalla el trueno como un veredicto. Que me condena, me doy cuenta, a algo horrible, la soledad en esa tormenta, la pérdida de cualquier orientación. Seguimos corriendo dentro de una oscuridad que ahora ya no se abre, como si nos cayéramos en un pozo. Así, de golpe, conozco el hedor putrefacto del miedo, del que me había librado hasta hoy a pesar de haber crecido en una tierra durísima, en medio de vertiginosas soledades y en las penurias más feroces. Me llega fortísimo, como una cuchilla en el vientre. No conozco este torcedor del alma, y me deja fulminado. Instintivamente tiro de las riendas, Red no entiende pero responde a la orden, se pone un poco de lado, corcovea, se detiene, chorrea, humea. Miro a mi alrededor, busco la pistola bajo capas podridas de chaquetas y lanas, telas. Giro mi caballo, por el eterno instinto que siempre nos dicta mirar a nuestra espalda. Pero ya no hay un delante y un detrás, los pierdo de inmediato al girar sobre mí mismo. Toda dirección es una dirección cualquiera, y todo resulta confuso. Hasta el cielo ya no cuelga de arriba. Las ropas heladas se pegan a la piel caliente por el cansancio, la lluvia insiste obtusa, de golpe oigo un zumbido sordo que me sube por los oídos, como si viniera desde mi interior. Todo parece más posible, y mientras el corazón se me acelera veo que la distancia entre las cosas se disuelve de forma antinatural. Aferrado al cuello de Red busco su olor acre para obligarme a permanecer asido a lo real. Porque yo, por mi parte, estoy abandonándolo.

Entonces lo que ocurre es que de la negra muralla de agua surge un chiquillo: monta un pequeño apalusa moteado sin silla. Viene al paso. Le apunto con la pistola, pero no disparo. Él me mira, tranquilo. Se acerca. No dice nada. Su guardapolvo chorrea agua, él no tiembla. Lleva unas botas extrañas, claras, sin espuelas. Nuevas. Me mira fijamente hasta que bajo la pistola. Entonces se quita el sombrero, bebe del ala curvada, se lo vuelve a calar en la cabeza, da la vuelta a su caballo y me hace señas para que lo siga. Yo estoy llorando, creo. Con una leve presión de los talones pongo a Red de nuevo en movimiento. Le apetecería echar a correr, le gustaría ponerse al galope, pero el chiquillo parece convencido de que quiere ir al paso, así que acepto esa andadura. Que encuentro absurda, pero no parece haber otra en el mundo en ese momento. Flanqueo al chiquillo, quedándome un paso por detrás. De tanto en tanto lo miro. Se parece a mí. Debe de tener mi edad, pero es como si hubiera vivido cuotas extra de mundo, en porciones de tiempo que debo de haberme perdido por el camino. Tiene una hermosa forma de ser una única onda con el lomo del caballo: mi madre cabalga así. Lleva flojas las riendas, las sujeta con una mano levantada con elegancia por delante de él, a la altura del corazón. Entonces yo también suelto el bocado, y Red mantiene el paso, como si hubiera comprendido algo que yo aún estoy buscando. Es una lentitud solemne, me doy cuenta de ello, se me viene a la cabeza la nave central de la iglesia, allá en Stockton. El paso de quienes suben por allí, sombrero en mano. No sé por qué. Se rompe el cielo con un relámpago de plata y un inmenso desgarrón descarga tras un mordisco afiladísimo justo detrás de nosotros. Red se encabrita, tengo que sujetarlo otra vez. El chiquillo se da la vuelta, comprueba, luego vuelve a mirar hacia delante de él, con la mano sujetando las riendas a la altura del corazón. Las nubes se han roto de mala manera, el agua cae con una violencia que parece furiosa. Nosotros proseguimos al paso y esa lentitud es un sortilegio, encierra otra hipótesis de tiempo y el don del silencio. El paso entra dentro de mí, calma mi aliento, alivia la tensión. Los músculos de la cara se me aflojan y es como si una mano de piedra me soltara. Enderezo la espalda, recupero cierto orgullo, Red está caliente entre mis piernas, alejo las lágrimas. Yo también me convierto en una onda, una onda lenta.

Es hermoso, el chiquillo. Miro sus hombros por detrás, están abiertos, no defienden, salen al encuentro. La mano en el guante amarillo apoyada sobre su muslo descansa de una forma bonita, en la paz más absoluta. La piel de su rostro está quemada por el sol, pero un sol festivo. Solo una manta ocre entre él y el lomo de su caballo; sin silla, parece haber sustituido todo aprendizaje por el don del instinto. Está en la lluvia como un animal, no hay rastro de miedo, ni siquiera de fastidio, solo cierta inclinación taciturna al respeto. Un animal, me repito. Hermoso, pienso, como si descubriera una hipótesis. Imito su paso, replico su paz, y poco a poco veo que el río de agua se dulcifica, siento que pierde peso, que se convierte luego en caparazón de agua que *me protege.* Está la tormenta y estamos nosotros. No sé durante cuánto tiempo, el chiquillo y yo, su pequeño apalusa y Red: somos precisión, mundo aparte, plegaria. Es una peregrinación, así que la llevo a cabo sin prisa y sin propósito, mirando apenas a mi alrededor. No sé cuándo –pero es un momento que nunca olvidaré– encuentro en el fondo de mi andar un pensamiento muy claro y definitivo, «me gustaría ser como ese chiquillo», y enseguida se desprende alejándose de mí, sin dolor, el mayor pensamiento que he tenido nunca, quizá el único, «me gustaría ser como mi padre». En el cambio siento que cede una presión, y me doy cuenta de que me he desprendido de una tarea imposible. El corazón me late con fuerza, de gratitud. Levanto la mirada hacia el chiquillo, no he vuelvo a bajarla nunca más.

Mucho después, la tormenta se cansa, o va corriendo hacia otra parte. Acabamos en la larga cola de una lluvia insignificante. No modificamos el paso, ni siquiera cuando el cielo se seca y de la tormenta no queda más que el barro y el aire helado. Pero, cuando en el horizonte la negrura se parte y el sol del atardecer blanquea como una cuchilla entre el muro de nubes y el perfil de las montañas, entonces el chiquillo me mira, me sonríe, luego clava los talones en el vientre de su caballo y se lanza al galope hacia esa luz, quitándose el sombrero, agitándolo en el aire y gritando algo, riendo. Red sale corriendo sin que yo se lo diga, yo también grito, de repente somos golondrinas y abedules, plata y niños.

Cuando aparece el rancho, aún lejano pero nítido como un jeroglífico, el chiquillo se detiene.

Se queda un rato mirándolo, dando la vuelta al caballo sobre sí mismo.

No dirá nada, no diré nada, lo sé.

Me pregunto cuándo volveré a verlo.

Muchas veces, en cada tormenta, me respondo.

Delante de la chimenea, estoy sentado con los huesos aún empapados, completamente desnudo y con una manta que desde la cabeza me baja hasta los pies. A mi alrededor las voces de mis hermanos, los ruidos de mi casa. Sé que eso es la perfección.

Entra mi padre, las botas sucias de barro, rifle en mano. Apenas me roza la cabeza.

Abel, ¿dónde diantres te habías metido?, dice.

DE ESA HISTORIA DEL PUEBLO MINERO

De esa historia del pueblo minero, de los nootkas y de todo lo demás, se encaprichó el juez Macauley. No podía tragarse que un pueblo pudiera desaparecer de aquel modo.

Él era famoso por su clemencia. Para entonces ya era viejo, pero no parecía haberse dado cuenta.

Me pidió que lo acompañara, y yo lo acompañé. Quería ir a hablar con una bruja[1] a la que habían visto merodear por las colinas, las que estaban al norte del pueblo. Por aquel entonces, yo era ayudante del sheriff en Sant'Obispo. Era la época en la que los años seguían pasando de forma lineal, entre un antes y un después.

El Juez era muy viejo; la bruja, joven, con una larga cicatriz entre sus pechos. Su pelo brillante, recogido con una cinta de piel humana.

1. La palabra «bruja» aparece siempre en español en el original. *(N. del T.)*

El anciano se sentó delante de ella y hablaron. Utilizaban una lengua mixta que todos conocíamos.

Él le preguntó si un pueblo podía desaparecer en la nada.

La nada no existe, respondió ella.

Y entonces ¿qué existe?

Una gran respiración, este instante.

¿Algo más?

La bruja pareció buscar bien la palabra.

Las visiones, dijo.

¿Qué son?

¿No sabes lo que son las visiones?

No, creo que no. Soy un hombre de leyes.

Entonces ella dijo que, aunque fuera viejo, y su cuerpo hubiera pasado por muchas estaciones, probablemente él casi no había vivido, o al menos no más de lo que podría haber vivido el lecho seco de un río, o un ave migratoria que nunca hubiera llegado al sur. Has muerto por el camino, le dijo.

El juez Macauley se rió.

Es posible, dijo.

¿Por qué lo hiciste?, preguntó la bruja.

El Juez se encogió de hombros. Luego pareció encontrar algo parecido a una respuesta.

Probablemente no tuve elección, tenía una misión que cumplir, dijo.

Explicó que el mundo en el que había nacido estaba sumido en un profundo estado de desorden y parecía que solo él, por allí, tenía la sensibilidad, o el talento, para darse cuenta de cuántas cosas esperaban desde hacía tiempo a que alguien las devolviera a su sitio. Así que tuvo que ponerse manos a la obra, pensando en sí mismo y en los demás, y eso le había robado gran parte del tiempo que el destino le había reservado.

Pones las cosas en su sitio, repitió la bruja.

Sí.

Dame un ejemplo.

Culpables e inocentes. Por regla general, si alguien no los pone en orden, están bastante mezclados.

¿Es eso lo que haces? ¿Ponerlos en orden?

Sí.

¿Y ellos te dejan hacerlo?

Casi siempre.

Eres el hombre que pone las cosas en orden.

Soy el juez. Juzgo según la ley.

La ley.

¿Sabes lo que es?

Dímelo tú.

El Juez se quedó un rato pensando si debía intentar explicarse.

Al final dijo: Es una visión.

Entonces la bruja sonrió. De una manera bonita. Tenía los dientes blanquísimos.

¿Por qué has venido, Juez?, preguntó.

Hay una bruja, en las colinas, me han dicho. Si la encuentras, pregúntale a ella. Y luego dispárale. Te he encontrado.

¿Vas a dispararme?

Yo no.

Luego me señaló con la cabeza. Llegado el caso, él se encargará, dijo.

La bruja me lanzó una mirada. Luego se echó a reír.

El chico aún no ha nacido, dijo.

¿Has oído, Abel? Aún no has nacido.

Es solo un soplo de alma que aún no ha encontrado casa, dijo la bruja.

Luego se volvió de nuevo hacia mí y me dijo que iba a ser muy doloroso, pero que un día, era una promesa, nacería.

Pronunció mi nombre muy lentamente.

Abel.

Sentí un viento cálido que llegaba desde un quinto punto cardinal.

El Juez le preguntó qué sabía ella sobre el alma. Dejó claro que le planteaba esta pregunta porque él, desde hacía mucho tiempo, se estaba preguntando por el alma y porque, a pesar de que había conocido a muchos hombres, pero que muchos, aún no disponía de una respuesta clara a la pregunta de qué era el alma.

Solo hay una, dijo la bruja.

¿Qué quieres decir?

Cada alma es la única alma, y todos nosotros, un único aliento.

Tú y yo, ¿un único aliento? Mírate, bruja. ¿Qué tengo yo que ver contigo?

Puede que no lo creas, pero yo circulo por tu sangre, y tu corazón late en el mío.

¿De verdad?

He vivido días enteros que tú crees que han sido tuyos. Todos somos huellas unos de otros.

El Juez se rió.

¿En qué libro lo has leído?

¿Libros?

Sí, libros, *libros*, ¿sabes lo que son?

La bruja hizo un gesto en el aire, como si ahuyentara a un minúsculo espíritu maligno.

Entonces el Juez sacó de su bolsillo una pequeña Biblia y se la enseñó.

Esto es un libro, dijo. Es nuestro libro sagrado, añadió, Dios nos lo dictó y contiene todo lo que hay que saber.

La bruja sonrió.

Pequeño, dijo.

¿Pequeño?

Mucho.

El Juez trasteó con la Biblia entre sus dedos, como si la viera por primera vez.

No sé, es la Biblia, qué diablos sé yo.

Mira a tu alrededor, hombre. Lo dijo la bruja, pero dulcemente.

El Juez miró a su alrededor. Era un hombre de carácter tranquilo. Yo no aparté mi mirada de ella. Tenía un Winchester 66 en la mano, el dedo en el gatillo, la bala en la recámara.

Nuestro libro sagrado, dijo la bruja. Corre hasta el horizonte, y aún corre más allá. Hace siglos, nuestros padres aprendieron a leerlo, y desde entonces nosotros sabemos lo que dice. Ellos dejaron dicho que sería un error tomarlo como una ley, porque no hay leyes, o como un veredicto, porque no hay veredictos. Dijeron que más bien era *un canto*. Añadieron que no tenía otro propósito que resonar, y en algunos recuerdos más antiguos e impenetrables dejaron la enseñanza última, que dice que el texto no está acabado, y que son los pasos de los hombres, cada día y cada noche, los que lo escriben. Por eso nosotros pasamos por la Tierra ligeros, nómadas, casi invisibles. Somos una mano que escribe. Signos, sobre la Tierra. De una única mano.

El Juez la miraba. De vez en cuando se perdía tras la larga cicatriz que la bruja lucía entre dos pequeños pechos perfectos. Creo que también lo atraían los tobillos, completamente adornados con minúsculos jirones humanos.

¿Una única mano?, preguntó.

La bruja no contestó. Parecía saber que algunas cosas no pueden repetirse, a menos que uno quiera perderlas.

¿Una única mano de quién?, insistió el Juez.

La bruja seguía mirándolo fijamente, en silencio.

¿Has perdido la lengua?

Aumenté ligeramente la presión del dedo sobre el gatillo.

El Juez escupió al suelo.

Estoy perdiendo mi tiempo, dijo.

Y luego, como si escupiera una comida mal masticada, ¿Qué es esa cicatriz?, preguntó.

La bruja esta vez respondió.

Un arpón. ¿Quieres saber la historia?

Tal vez.

Iba remontando la corriente del río, para alcanzar a mi enamorado, el pescador me vio porque brillaba como el oro, lanzó su arpón, pero la punta solo astilló el oro, y el pescador al volver a casa dijo que había visto a la reina de los salmones, pero que nadie podía cazarla porque su corazón era invencible.

El Juez sonrió. Le había gustado la historia.

Yo aligeré la presión sobre el gatillo.

Pero te hirió.

Sí, dijo la bruja.

El Juez asintió, como si supiera muchas cosas sobre el tema, y desde hacía mucho tiempo. Sobre el tema de las heridas.

¿Cómo es que te convertiste en bruja?, preguntó.

¿Qué quieres saber?

No sé, ¿tu padre era un chamán o algo parecido?

¿Por qué quieres saberlo?

Me gusta saber de dónde vienen las cosas. El origen. ¿Conoces esta palabra, *origen*?

El principio.

El principio, sí. La fuente.

El amanecer.

Por ejemplo.

¿Por qué te interesa el origen, Juez?

Creo que, si uno sabe de dónde vienen las cosas, las entiende.

¿En serio?

Sí, en serio.

¿Está escrito en el pequeño libro?

El Juez abrió la Biblia. Tardó un rato en encontrar la página.

«En el principio era el Verbo, y el Verbo era con Dios, y el Verbo era Dios.» Juan 1:1, dijo.

Luego cerró de nuevo el libro.

¿Sabes lo que es el Verbo?

La bruja negó con la cabeza.
El Juez escupió otra vez al suelo.
Yo tampoco, bruja, dijo.
Miró un poco a su alrededor.
Me parece que vuestro libro está escrito más fácil, dijo.

La bruja se rió, mostrando una vez más esos blanquísimos dientes suyos. Los labios eran oscuros, simétricos, extraños en las comisuras. Debía de haber empezado a caerle bien, aquel juez, porque se puso a contarle la historia que él quería oír. Cómo se había convertido en bruja.

Cuatro días antes de nacer yo sabía que iba a nacer. Cuando luego vi a mi padre y a mi madre, sabía quiénes eran. Me di cuenta de que sabía lo que era un remordimiento, cómo se sucedían las estaciones y de dónde venían los cantos sagrados. Aún era una niña cuando empezaron a tenerme miedo. Al final decidieron que era mejor para todos que viviera por mi cuenta, fuera de la aldea. Así fue como crecí. En una visión conocí mi rotación, el espíritu de la reina de los salmones y la palabra negra. Se descubrió que podía hacer que nacieran los niños que no querían nacer. Venían las madres. Como ya lo sabía todo, pasé mucho tiempo olvidando, para deslizarme al otro lado de las cosas, donde por fin tenía algo que aprender. Por eso los hombres que yacen conmigo tienen visiones, y conocen el reverso de sí mismos, donde se encuentra la huella del oso. Tengo cien años, diez, solo uno. Acabo de nacer, pero lo he olvidado. Esta es la historia, Juez. ¿Y la tuya?

El Juez le respondió con una pregunta. Le preguntó si sabía leer en el futuro.

La bruja se encogió de hombros. Es una pregunta de niños, dijo.

El Juez no pareció haberla oído porque le preguntó si sabía cuándo iba a morir y si lo haría solo.

Entonces la bruja, por primera vez, se inclinó un poco hacia delante, tendió un brazo y posó los dedos sobre los ojos del Juez, cerrándoselos.

No hay un futuro, no hay un pasado, Juez. Hay un único aliento. Tú moriste hace ya mucho tiempo, cuando eras niño sabías lo que harás mañana, estas palabras las oíste cuando hacía poco tiempo que eras un hombre, y dentro de unos años podrás ver cosas que hace años solo escuchaste. Todo se recompone, y esta es la vida. Así que no te preguntes si hay un antes o un después, porque solo hay un ahora. Por eso es imposible tener miedo, porque todo ha sucedido ya, y nada terminará nunca.

El Juez se quedó un rato inmóvil. Luego abrió los ojos.

Te gusta hablar, ¿eh?, dijo. Creía que las brujas se quedaban calladas como las momias. En cambio, tú hablas como un cochero borracho.

¿Como qué?

Nada, no importa.

Se volvió hacia mí.

¿Tú te esperabas que una bruja hablara tanto?

Negué con la cabeza, pero más por cortesía que por otra cosa. Qué sabía yo de brujas.

Yo no, no me lo esperaba, dijo el Juez.

Luego contó una historia. Debía de tener alguna relación con algo que había dicho la bruja, pero no se tomó la molestia de aclararlo. Contó que dieciséis años antes había condenado a la horca a un pistolero procedente del territorio francés, un hombre al que había tenido la oportunidad de conocer muy bien, durante todos los interrogatorios y el juicio, y que le había parecido, en todos los aspectos, un hombre notable. Era famoso por su puntería excepcional y por su frialdad. No era feroz, era exacto, aclaró el Juez. Contó que, cuando le preguntó dónde había aprendido a disparar tan bien, él respondió: en todo el tiempo que de niño pasé en silencio, imaginando.

Entonces el Juez hizo ademán de coger su bastón, como si tuviera intención de levantarse. Yo di un paso atrás y volví a presionar mínimamente el dedo sobre el gatillo.

Abel.

Sí, señor.

Señaló con su bastón a los caballos, que habíamos atado a un fresno.

Hay una bolsa atada a la silla, muchacho. Ve a buscármela.

Fui a buscarla y se la llevé. Era una saca de cuero desgastado, parecía la mochila de un vagabundo. Yo caminaba sin perder nunca de vista a la bruja.

Ábrela.

Lo hice, sin bajar el Winchester.

Entonces metió una mano dentro de la saca y sacó una bolsa de tela. Le dio la vuelta y delante de sus pies cayeron muchos huesos pequeños. Debía de haber unos treinta. Pequeños y un poco más grandes. Dedos.

Luego sacó un collar, el hilo anillaba minúsculos muñecos de paja.

Lo último que cogió fue un cuero cabelludo de rizos negros.

Como veo que te gusta hablar, le dijo a la bruja, explícale a un pobre anciano por qué estas cosas son todo lo que quedó de un pueblo minero que desapareció en la nada. Tú explícamelo y yo te creeré.

La bruja permaneció en silencio un buen rato. Luego cerró los ojos. Empezó a cantar algo en voz baja, sin mover los labios. Se cubrió con las manos la cicatriz del pecho. En el polvo, los pequeños huesos comenzaron a temblar y el cuero cabelludo empezó a encanecer. Los muñecos del collar, uno a uno, se prendieron fuego. Los huesos fueron absorbidos por el polvo y desaparecieron. El cuero cabelludo, después de volverse completamente canoso, se convirtió en tierra. Yo levanté el Winchester para disparar, pero mis brazos no lo hicieron, no levantaron nada, se habían convertido en los de otro. El Juez empezó a respirar mal. Pero tampoco lograba girarme para mirarlo. Oía su respiración, y cada vez era peor. La bruja no dejaba de cantar. Apartó las manos de su cicatriz. Me pareció ver como perlas de sangre goteando del corte que se había reabierto de repente, pero lo que veía tenía colores extraños, y una dimensión extra. Sentí una angustia inefable que se me agarraba al pecho, una especie de muerte que ni siquiera en mis noches de insomnio he vuelto a encontrar. Cerca de mí, el Juez jadeaba, de forma rítmica, regular. Sin verlo, lo oí desplomarse en el suelo, con una lentitud irreal. Algo tiró de mi cabeza hacia atrás y todo desapareció.

PERSEGUIDO POR UNA FRAGATA FRANCESA

Perseguido por una fragata francesa, el barco pirata *Revenge* enfiló el laberinto del delta, buscando la salvación en las aguas dulces y densas del río. Llevaban a bordo a un grumete indígena, decía haber nacido allí, entre el río y el mar, donde los peces eran serpientes. Le dijo al capitán que conocía el camino de entrada y el de salida. El capitán lo creyó, y con el viento a favor se metieron por el brazo principal del río, encomendándose a Nuestra Señora de las Cuatro Cruces e infligiendo a los franceses el movimiento del caballo. Los franceses amainaron y se quedaron allí, meciéndose delante del delta, como un jaguar estupefacto delante de la guarida en la que ha visto desaparecer a su presa.

Con el grumete colocado en la proa para marcar el rumbo, el *Revenge* navegó río arriba, el fondo limoso bajo la panza, a veces rozándolo. Deslizándose entre los bancos de arena, el timonel escuchaba los números gritados por la sonda, casi una letanía. El sol pegaba implacable, los insectos eran voraces. No se cruzaron con ninguna barca, parecía que el río se hubiera detenido para dejarlos pasar. Bordaron las orillas en la brisa, maniobrando con indecible pericia entre un margen y el otro y añorando la inmensidad del mar. Llevaban nueve días sin tocar tierra, tanto había durado la cacería francesa y su huida. Solo querían dormir, agua limpia y una presa a la que hincarle el diente. Al atardecer llegaron a la vista de Magdalena, que era el primer y el último puerto del río: a partir de allí, las mercancías viajaban a lomos de animales por escarpadas montañas hacia el vientre del país, volviéndose más valiosas a cada paso. Arriaron las velas, echaron un ancla doble, dejando larga la cadena. El velero se deslizó hacia atrás, arrastrado por la corriente, en un dulce movimiento que a todos les pareció el final de una condena. Luego se detuvo y allí se quedó, flotando exhausto sobre la densa agua del río.

En Magdalena vieron cómo el incongruente velero se detenía a una extraña distancia del pueblo. Estaban acostumbrados a las pequeñas barcas de remos y a algún barco de vapor, desgarbado e inseguro. Como el tráfico era escaso y valioso, estaba en su instinto gritar al primer avistamiento, premiado con una moneda de plata, y luego correr a preparar las calles y los cuerpos para la fiesta y el ritual de bienvenida. Pero aquella vez, en cambio, los afortunados que ganaron la plata susurraron, y, por donde pasaba la noticia, todo se helaba de miedo. El velero inmóvil, anclado, aterrador. Nunca habían visto nada tan grande. Un hombre que había viajado explicó lo que era un cañón y lo señaló con el dedo, deteniendo la mirada de todo el mundo sobre la proa. Lo más aterrador era no ver a ningún humano en cubierta. La enorme máquina de madera y hierro se mecía a ciegas, como una antigua ciudad inexplicablemente abandonada de un día para otro. A los habitantes de Magdalena les pareció inescrutable su propósito, y su silencio, siniestro. Un destino difícil de descifrar había traído, a contracorriente, una incertidumbre de la que en la memoria del hombre no había memoria. Por lo que sabían los ancianos, incluso podía tratarse del fin del mundo.

No bromeemos, dijo doña Lupe.

Por razones históricas que se perdían en el tiempo, Magdalena estaba gobernada por mujeres, y en aquella época por una mujer en particular, de origen español. La gente era mestiza, hijos del puerto, una etnia mixta que tenía su esplendor. Desde el sur, no se sabe cómo, había llegado hasta allí un pequeño grupo de familias mitad indias, mitad españolas, acarreando consigo una vocación de dominio insensata pero eficaz. Doña Lupe tenía los pómulos altos de la gente andina, ojos vagamente orientales, una piel blanca como el marfil y cierta aptitud para el mando. Se dio cuenta de que tenían una noche para organizarse, luego se puso a escuchar. Cómo salir de esta, preguntó. Gentes del comercio y del campo, todos ellos sabían que luchar habría sido una locura. Era inevitable presagiar muerte, destrucción y saqueo. Se pusieron de vuelta y media, en una noche que se recordaría durante generaciones como la Noche de los Cantos. Al final tomó la palabra una muchacha de pelo negro como la pez y, cuando terminó, la asamblea permaneció en silencio, calculando las consecuencias y valorando la audacia. Está decidido, decretó doña Lupe. Aquella noche, todos los hombres del pueblo menos uno se llevaron consigo a los ancianos y a los niños, y desaparecieron en el bosque. Las mujeres se encerraron en sus casas y ocuparon las horas que quedaban hasta el amanecer en ponerse espléndidas. Usaban ungüentos y tierras de colores, abrían baúles que llevaban años cerrados, repasaban movimientos de cadera que habían archivado. Sentada regiamente en su salón, doña Lupe mandó llamar al único hombre que quedaba y lo recibió con cortesía antigua. Era poco más que un muchacho, pero todo el mundo sabía que estaba dotado de un talento peculiar y desmesurado. Doña Lupe abrió un gran armario y lo dejó elegir entre las muchas armas que la familia conservaba allí con meticuloso cuidado. Había arcabuces del siglo XVII y el último modelo de Colt, resplandeciente. Le dijo al chico que podía coger lo que quisiera. Optó por un rifle de cañón largo y dos pistolas de recarga sencilla. Luego desapareció en la oscuridad, porque sabía lo que todos esperaban de él. Doña Lupe cerró el armario y empezó a ponerse espléndida, como las demás.

Al amanecer, un cañonazo dio de lleno en uno de los almacenes del puerto. Un segundo se coló entre los campos, levantando una columna de tierra. Las mujeres –cada una en su casa, algunas reunidas con sus hermanas, o las madres cogidas de la mano con sus hijas– ni se inmutaron. Se retocaron el maquillaje. Los corsarios, unos cuarenta, llegaron en pequeñas barcas de remos, con las armas relucientes. Encontraron la aldea desierta, pero luego, mirándola más detenidamente, poblada de un modo anómalo, lunar. Se les apareció el incomprensible espectáculo de un único gran ofrecimiento sexual velado de timidez. El hedor a trampa era tan fuerte que cortaba la respiración, pero, por más que buscaran, y buscaban, no encontraban nada que no fueran figuras de mujeres a la espera, nunca realmente ocultas, más bien *en un segundo plano*. Empezaron a creer lo que estaban viendo y a bajar mínimamente sus armas. La sed roía las gargantas y los intestinos, el hambre llevaba anidando en ellos muchos días, los cuerpos sufrían el freno. En las horas de la noche las mujeres de Magdalena habían trabajado bien, así que los ojos de los corsarios buscaban el peligro, sí, pero en una especie de reverberación que los dejaba ciegos. Donde abrían, encontraban; cuando tendían las manos, tocaban. No había nada que se hubieran cuidado de ocultar, las joyas y el dinero incluidos. Era todo tan fácil que no les pareció que fuera precipitado empezar a coger, manteniendo la mirada alerta y los oídos aguzados. Vino, comida, ropa e incluso oro. El primero que se sacó el sexo de los calzones no tuvo que esforzarse para encontrar dos piernas abiertas. En un último arrebato de lucidez, colocaron centinelas al principio y al final de la aldea, para luego dispersarse por calles y jardines, en el saqueo más absurdo que habían conocido. Mordieron Magdalena igual que si fuera una fruta madura, perdiendo el hilo de las cosas, abrumados por la abundancia y por el olor a sexo. Durante dos horas, la aldea fue un vientre blando que hender, pan ofrecido que morder, un cuerpo tendido que aguardaba. Al filo del mediodía, el primero de ellos en morir lo hizo en un callejón detrás de la iglesia, una bala entre ceja y ceja. El segundo estaba abriendo una puerta, la bala le entró por la nuca y le salió por la boca. El tercero estaba follando; el cuarto, buscando la sombra; el quinto se había tumbado en una cama; el sexto buscaba a un amigo para enseñarle algo; el séptimo iba arrastrando una virgen de alabastro por la calle principal. Caían solitarios, con un disparo en la frente o en la nuca, sin tiempo para quejarse o pedir ayuda, pasaban de la vida a la muerte por el camino más corto. Cuando cayó el undécimo, algo se obstruyó en el mecanismo de su inconsciencia. Empezaron entonces a buscarse unos a otros, porque la soledad parecía atraer la mala suerte. Razonaron. Pero al hacerlo caían, liquidados por disparos que salían de la nada. Respondían a los tiros, de mala manera; otro chasquido los sorprendía, caían. Alguien estaba disparando y lo hacía de un modo irreal. Ni un solo error, ni un segundo disparo, ni una imprecisión. Invisible. Empezaron a pensar en la magia negra. Tenían pensado reaccionar, pero la situación era difícil de leer y sus mentes estaban nubladas. Cuanto más precisos eran los disparos, menos precisos eran sus sentimientos y menos sensatas sus palabras.

Muchos ni siquiera habían llegado a comprender aún lo que estaba sucediendo, para algunos ya habría sido imposible dejar de morder lo que tenían entre dientes. Algo estaba a punto de aniquilarlos, porque *matar* habría sido una palabra demasiado simple.

Quedaban siete cuando encontraron al chico. Pura suerte. Se toparon con él en un callejón mientras estaban intentando regresar al barco. Se dieron cuenta enseguida de que era él, porque una arista de su ferocidad aún brillaba como un diamante. No lo mataron, pero un corsario, que parecía el jefe, extrajo un cuchillo y con la punta le sacó primero un ojo, luego el otro. Dijo que al mundo no le hacía ningún bien que anduviera por ahí alguien que disparaba de esa forma. Luego las versiones son contradictorias; el relato, opaco. ¿Fueron las mujeres quienes los despedazaron, casi sin que opusieran resistencia, o fueron los hombres que habían regresado del bosque, armados con los machetes con los que trabajaban en las plantaciones? Lo que se recuerda, sin duda, es que, a la puesta de sol, todo había terminado. En los meses siguientes, desmantelaron el barco pieza a pieza, y se repartieron todas sus riquezas entre las dieciséis familias de la aldea. Magdalena vivió años de esplendor. Los que llegaban allí, descoyuntados por el calor y agotados por el río, no sabían explicarse las vajillas de plata, las camas con dosel, los utensilios de marfil, la generosidad de las propinas. Ni el orgullo de las mujeres. Al cabo de nueve meses, como una herencia, nacieron siete hijos, hijos de aquella jornada demencial. Les pusieron a todos el mismo nombre, Rosario. A todos ellos les correspondió el raro destino de crecer con un aura de respeto y de misterio.

En cuanto al muchacho, le correspondió la decimoséptima parte del barco, más todo el oro del capitán. Doña Lupe le preguntó qué iba a hacer, ahora que ya no podía disparar. Viajar, dijo, y leer. No sé cómo se llamaba, porque cuando lo conocí, muchos años después, hacía tiempo que todo el mundo lo llamaba el Maestro. De vez en cuando se divertía sorprendiendo, en los *saloons*, acertándoles a los dólares de plata que le tiraban al aire. Le pregunté cómo lo hacía. Disparar a un ruido, eso hasta un niño sabría hacerlo, dijo. Entonces le pregunté si quería enseñarme. No solo ese truco, todo. ¿Cómo disparas?, preguntó. Rápido, le dije.

Cierra los ojos.

Lo hice.

Oí el roce tintineante de una moneda que se movía en el aire. Disparé sin abrir los ojos.

El Maestro se agachó y cogió la moneda, la frotó entre el pulgar y el índice. Se la guardó de nuevo en el bolsillo.

No importa, dijo. ¿Sabes leer?

Sí.

Eso importa.

Se levantó. Dijo que me enseñaría y que, a cambio, yo leería para él. No era una propuesta, era la descripción de algo que iba a suceder. Llevaba años devorando todo tipo de libros, encontrando siempre a alguien que se los leyera. Cuando aparecí yo, le interesaba la filosofía. Pasé noches enteras leyendo a Platón, san Anselmo y Spinoza. Yo no entendía nada, pero me quedó algo parecido a la sensibilidad hacia un color determinado. Una cadencia singular en los pensamientos, un acento extranjero en el hablar.

HALLELUJAH TIENE MANOS PEQUEÑAS

Hallelujah tiene manos pequeñas y labios orientales. Ya debo de haber dicho que una parte de mi mente está reservada a la grata e ininterrumpida tarea de saber que ella está ahí. No importa dónde. Pasa por mi vida sin detenerse, es algo que ya sé. Yo soy su hombre, ella es mi mujer. Pasamos sin detenernos, así es como funciona.

No voy a estar ahí el día que te maten, ¿lo sabes, no?

Dice. Estamos en la cama. Desnudos. Después.

¿Cómo sabes que van a matarme?

No te veo muriendo en un sofá.

Okey, pero podría perfectamente caerme por un barranco, que un caballo me desarzonara...

Síííí...

... ahogarme en un vado.

Tú disparas. A ti te van a disparar.

¿Tú crees?

Lo creo.

¿Así de simple es el mundo?

A menudo.

Soy el más rápido. No tengo miedo. ¿Podrías explicarme cómo van a joderme?

Se lo piensa un rato, mientras me pasa una mano por el pelo.

Un día no te importará, dice.

¿El qué?

No te importará mucho.

¿Disparar?

Eso también. Todo. Siempre hay un día que te topas con alguien a quien le importa más. Desenfundará un instante más rápido.

Tú siempre me importarás.

Ese día no te va a servir.

Okey, pero mejorará las cosas.

¿En qué sentido?

Caeré, pero sabiendo que estoy contigo.

¿Eso cambiará las cosas?

Tenlo claro.

¿Desde cuándo eres tan poético, Abel Crow?

No es poesía. Es la realidad. Vivo sabiendo que estoy contigo, y esto cambia las cosas. Si no lo entiendes por ti misma, yo no puedo explicártelo.

Sí.

Sí, ¿qué?

Yo también. Vivo sabiendo que estoy contigo, y eso cambia las cosas.

Lo ves.

Ni siquiera importa que estés ahí, no me importa. Estoy contigo, y eso basta. Si estás lejos, también está bien. Mejor dicho, me gusta.

Te gusta.
Sí, me gusta. ¿Puedo preguntarte una cosa?
Venga.
Cuando estás lejos, ¿me eres fiel?
¿Qué quieres decir?
Despierta, cowboy. ¿Te follas a otras?
Esto es algo que he aprendido: resulta inútil mentir a Hallelujah Wood.
Sí.
Me refiero a que a ella le importa una mierda lo que hagas en tu vida: mentirle sería como robarle el caballo a alguien que quiere regalártelo.
Me mira y me dice:
¿En serio?
Sí. Bueno...
Bueno, ¿qué?
No siempre.
Ah, vale...
Además, no soy yo quien está lejos. Yo estoy clavado aquí, como ayudante del sheriff. Eres tú la que se marcha por ahí.
¿Y qué?
No, nada, quería decir que en todo caso habría que preguntarte a ti si...
Entonces pregúntalo.
Claro que te lo pregunto.
Oigámoslo.
¿Te vas a la cama con otros cuando estás fuera?
¿Te das cuenta de que para preguntarlo has tenido que girarte para comprobar dónde estaban tus pistolas?
¿Perdona?

Siempre haces lo mismo. Cuando las cosas se ponen difíciles, te giras a mirar tus pistolas. Lo sabes, ¿verdad?

Bueno...

Si no lo sabes, te lo digo yo.

Me gusta saber dónde están.

No tienen patas, no pueden escaparse.

¿Te vas a la cama con otros cuando estás fuera?

No.

¿Nunca?

Nunca.

Fantástico.

Sigamos contigo.

¿De verdad es necesario?

Sí. ¿Por qué lo haces? Lo de irte con otras, quiero decir.

Vaya pregunta.

Comprométete, cowboy.

En cualquier caso, lo de cowboy fue solo al principio. Ahora soy ayudante del sheriff.

De acuerdo. Comprométete, ayudante del sheriff.

¿Cuál es la pregunta?

¿Qué es lo que echas de menos para que en un momento dado acabes en la cama con una mujer, aunque yo esté en el mundo?

No lo sé. Tendría que acordarme de alguna vez que lo hice.

Inténtalo.

No lo sé.

¿Era una puta?

Una puta. Puede ser. A veces sí. No hay muchas mujeres, ¿sabes?, en el Oeste.

Una puta, pues.

Sí, pero no siempre.

¿Mejor una puta o una mujer normal?

Nunca son *realmente* normales. *Tú* eres normal. Vamos a ver, quiero decir, estás completamente loca, pero eres *normal*, en fin, ¿entiendes lo que quiero decir?

Te estás liando.

Okey, ¿qué quieres saber?

¿Por qué vas? Intenta preguntártelo a ti mismo *de verdad*, ¿por qué vas?

Y yo qué sé.

¿Tienes ganas y ya está? ¿Tienes que exprimirte las pelotas?

A veces, sí, es como un fuego.

Okey.

Me tiraría cualquier cosa, es como un fuego.

Okey.

Aunque a veces es más complicado.

Explícamelo.

Creo que tiene algo que ver con cierta *soledad*. Normal. Te sientes solo.

Siempre podrías sentarte a una mesa de póquer.

No, mujer, eso no, a quién coño le importa jugar, es que precisamente necesitas que alguien te coja mientras estás cayendo. Cogido en serio, con las manos, con las piernas, la boca. Algo a lo que agarrarte. A mí qué me importan las cartas.

Y te cogen al vuelo.

Sí. Tú no estás ahí, ellas me cogen al vuelo.

¿Es bonito?

Uf. No lo sé. Por unos instantes sí. Es engorroso el antes. Y terrible el después. Pero durante unos instantes estás a salvo. A veces basta con una forma que tiene de usar las manos, o el olor, o la lentitud con que abre las piernas. A veces una pequeña cosa bellísima del cuerpo, aunque solo sea el pliegue de los labios, o la raya del pelo, incluso la voz. Me acuerdo de una que sonreía todo el rato mientras lo hacía, pero de una manera bonita, sonreía, con los ojos cerrados, y tenía unos dientes blancos, felices.

«Mientras lo hacía.»

Perdona.

No, me gusta. Continúa.

No sé, ¿qué debo decir?

Todo suena un poco demasiado bonito. Háblame del asco.

El asco.

Has entendido a qué me refiero.

Vale, ya lo sabes.

No, no lo sé. Explícamelo tú.

Lo sabes. También ocurre que todo es horrible.

¿Y qué pasa?

Ya estás allí. ¿Qué vas a hacer?

¿Qué haces tú?

Te entra un poco de pánico, como un pequeño pánico... No sé, reaccionas.

¿Te marchas?

No... Resulta extraño, pero no te marchas. Yo me pongo..., me cabreo, no sé, me entran ganas de ponerme violento, me da por despreciar..., incluso me entran ganas de *castigar*, de alguna forma, y entonces se convierte en otra cosa, es como un castigo, como un pequeño asesinato.

Bravo, Abel, así me gustas, sigue.

Nada. Es así.

Sigue.

Entonces al final te corres, y quizá en ese momento es lo único que realmente te importa, te corres como si dieras una puñalada, apuñalas algo, tal vez sea también un poco a ti mismo, pero sobre todo es a ella, la apuñalas por dentro, o te la sacas y vas a frotarla donde te gusta, si a ella le parece bien. Me gusta gritar. Me gusta todo.

¿Te gusta ponerte tan violento?

Sí, a veces me gusta.

¿Y a las mujeres?

No lo sé.

¿Tú crees que les haces daño?

¿Daño?

Daño físico, cuando te pones violento.

No lo sé, no creo que haga daño *de verdad.*

Yo lo sé. Haces daño de verdad.

¿Tú qué sabes al respecto?

A mí me haces daño de verdad.

¿Qué tiene que ver contigo?

A mí también me lo haces, Abel.

¿Yo?

Ya basta, lo sabes.

¿Qué es lo que sé yo?

No siempre, pero a veces te gusta ser así. Me posees. Como si hubiera algo que castigar, o que destruir. Te has dado la vuelta para mirar las pistolas.

Joder.

Tranquilo. Yo te quiero.

Yo también.

¿Eres capaz de mirar esa violencia por dentro?

No lo sé.

No está relacionada con el asco, también lo haces conmigo. Yo no doy asco, yo soy tremendamente hermosa. ¿Y entonces?

Y entonces no lo sé.

Intenta recordar. La última vez que lo hiciste. Conmigo. Con esa violencia.

No lo sé.

Yo te lo recordaré. Stockton, estábamos en aquella habitación, encima de los establos.

Sí.

Yo tenía muchas ganas, quería desnudarme, quería hacerlo desnuda, pero tú me diste la vuelta, me empujaste contra la pared, ¿te acuerdas de aquello, ayudante del sheriff?

Mira que...

Te la sacaste y me follaste, por detrás, joder, cómo empujabas y, ¿sabes?, no parabas de llamarme puta, muévete, puta, decías, con tu voz, pero era otra voz.

Y tú te movías.

Sí.

Te gustaba, ¿sabes?

Sí, me gustaba, pero no me gustaba, no sé.

También te gustaba que te llamara puta.

No sé.

Me la has puesto dura, Hallelujah Wood...

No, espera, estate quieto.

¿Por qué?

Mírame a los ojos, Abel.

¿Qué pasa?

¿Te acuerdas de lo que habías hecho aquel día?

¿Aquel día?

Sí, ¿te acuerdas de lo que habías hecho? Una hora antes, solo una hora antes.

Sí, lo recuerdo.

Dilo.

Había disparado.

Sacaste a ese rico señorito del *saloon* y jugueteaste con él en medio de la Main Street.

Él desenfundó primero.

Un disparo y le volaste la pistola de la mano.

Entonces el sacó su Bowie.

Un segundo disparo y el Bowie también voló por los aires.

Ni una gota de sangre, tienes que admitirlo, Hallelujah Wood.

Un trabajito bien hecho. Luego volviste al *saloon*. A beber. ¿Cómo corre la sangre por el cerebro cuando acabas de pegar unos tiros, Abel?

Es otra sangre.

¿Y cuando disparas y matas?

Uf.

¿Entonces?

Cuando matas, eres sagrado.

¿Eso qué significa?

Todo es sagrado. Animal. Antiguo. Sagrado. Sucio y sagrado al mismo tiempo.

¿Qué haces después de haber matado, Abel Crow?

No hablo.

No hablas.

Un whisky, luego intento estar solo. Pienso en cada momento. Qué puedo aprender. En qué me he equivocado. En qué no me he equivocado.

¿Remordimientos?

¿Remordimientos? Es mi trabajo, Hallelujah. Es lo que sé hacer.

Sin remordimientos. Así que duermes como un bebé después de haber matado.

No.

Ah.

Nunca duermo después de haber matado.

¿Y entonces qué haces?

Me pudro en mis insomnios.

¿O bien?

Busco a una mujer. Te busco a ti, y si no estás busco a una mujer.

Ya está.

Pero no tiene nada que ver con matar, tiene que ver con disparar. Cuando disparas empiezas algo que luego tarda mucho en terminar. ¿Entiendes?

Sigue.

Enciendes algo que luego se apaga muy lentamente, y, cuando arde, arde algo, tienes que darle algo para que arda.

Mujeres.

Disparar lo haces con el cuerpo, es algo animal. Es el cuerpo el que tiene hambre. El animal.

¿Seguro?

¿A qué te refieres?

Piensa en la mente. La mente se pone a mil cuando disparas, ¿verdad?

Sí.

¿Cómo la apagas después? Si la abres para captar hasta el detalle más recóndito, ¿después cómo la cierras? Puedes cegarla, como mucho, suspenderla, sofocarla. El sexo es un óptimo sistema.

¿Cómo coño sabes esas cosas?

Pero no basta, al final no lo consigues *de verdad* y entonces tienes que sacar de ti algo más, una, digamos, violencia. Tú no te tiras a las mujeres, ayudante Crow, ni tampoco a mí. En esos momentos tú te follas a tu mente, tu talento, tus manos en la culata del Colt, la decisión de vivir para disparar, disparar para vivir, toda tu existencia, lo que eres, te lo follas todo de una vez, y solo eso puede arrancarte de tus insomnios, disparar y follar, hasta quedar rendido en una cama.

Hey.

Perdona.

Hey, hey.

Todo va bien.

¿Qué te pasa?

Nada, nada, perdóname, Abel.

Dime.

Disparar no es un trabajo cualquiera. Te ruego que no pienses nunca que es un trabajo como los demás.

De acuerdo.

Disparar es una condena, Abel. Antes o después, piénsalo, por favor.

De acuerdo.
Hazlo.
Lo haré.
Te quiero, Abel.
Yo también.
Ven aquí y fóllame.
No.
Sí, con dulzura. Despacio, una ola. Por favor, Abel Crow. Hazlo ahora.

CUANDO NACIÓ EL ÚLTIMO HIJO ERA UNA NIÑA

Cuando nació el último hijo era una niña. Así que la llamaron Lilith.

Yo era Abel. Luego estaban Joshua, el loco; David, el Pastor; Samuel, el que cava la tierra, e Isaac hasta que murió.

Por último, Lilith.

Pocas horas después de nacer, mi padre, John John, la cogió entre sus manos, la elevó al cielo y prometió al destino que la convertiría en la mujer más famosa desde allí hasta el Pacífico. Esa singular circunstancia explica la frase que a mi hermanita le gusta repetir a menudo: en toda mi vida he estado en los brazos de un solo hombre e incluso esa única vez tuve que escuchar un montón de gilipolleces.

No bromea. Es todo verdad. A mi hermanita no le gustan los hombres, aunque a menudo a los hombres les gusta ella. Es difícil decir qué le gusta. Las matemáticas. Las montañas del norte. Huir. Las *Confesiones* de san Agustín. Hacer el amor con mujeres.

El arte de entrenar a animales depredadores hasta que confíen en ti y estén a tu servicio. El arte, espinoso, de ver el futuro.

La vi llegar, hacía años que no la abrazaba.

Muchas cosas ya no eran las mismas y había pasado mucho tiempo. Por muy complicado que sea ahora explicar el porqué, hacía meses que había dejado de disparar. De verdad. Lo había dejado para siempre. Es algo difícil de creer, me doy cuenta, pero de todos modos no tiene sentido sacar ahora ese tema, ahora quería hablar de Lilith, de cuando la vi llegar, hacía años que no la abrazaba.

Se sienta delante de mí, bajo el porche. Durante un buen rato no decimos nada.

Me pregunta cómo van las cosas, se lo cuento, me pregunta si tengo una mujer.

¿Y tú?, le pregunto.

Yo he sido la primera en preguntar, me dice.

Así que le hablo de Hallelujah, pero simplificando muchas cosas y olvidándome de decirle lo muy bella que me parece.

¿Dónde está?, me pregunta.

Bueno, no lo sé con exactitud.

No lo sabes con exactitud.

No.

Pero vivís juntos.

En cierto sentido.

¿En *qué* sentido?

Eso tampoco lo sé con exactitud.

Se ríe.

A veces eres irresistible, Abel, dice.

También lo es Hallelujah, créeme, a ti te gustaría con locura.

Estoy segura.

Te enamorarías de ella.

Oh, eso sería un auténtico desastre.

No, quiero decir que te enamorarías en un sentido teórico, digamos *teórico*. Aunque, ahora que lo pienso...

Ya veo.

Bueno, vale.

Bueno, vale.

No has venido hasta aquí para saber a quién me follo, ¿verdad, hermanita?

No, en efecto.

Me quedo un rato mirándola. Me pregunto si habrá venido por esa historia de Montague, del tiroteo de Montague, mi último tiroteo.

Pero al final es que no.

Van a colgar a nuestra madre en Yuba, me dice. Lo harán el primero de mayo al amanecer. Siempre eligen esa fecha para los ahorcamientos, me explica. Imagínatelo como una especie de fiesta. Hace una mueca de asco. Van a colgar a tres. Una es nuestra madre.

Debería preguntarle qué diablos puede haber hecho nuestra madre para acabar en un cadalso en una ciudad de locos. Pero me quedo escuchando.

Hay que sacarla de ahí, dice Lilith.

Sé cómo hacerlo, añade.

Luego me mira como si no le cuadrara un detalle, y solo en ese momento se diera cuenta.

Todavía llevas las pistolas, dice.

Me doy cuenta de que lo sabe todo. Mejor así.

¿Para qué las tienes si ya no las usas?

Me dan unos buenos andares cuando camino.

Tú estás sentado, Abel.

Por ahora.

Entonces se ríe. Cuando se ríe es irresistible. La adoro, siempre, pero admito que cuando se ríe es diferente, cuando se ríe me gustaría vivir con ella, ser su hombre, conocerla solo yo, velar por su suerte. Ha venido a contarme lo de nuestra madre. Que la van a colgar el primero de mayo en Yuba.

Más tarde, en plena noche, me pedirá que le enseñe las manos. Las mirará largo rato, las palmas y los dorsos. Después me dirá que, por muy convencido que yo esté de que no voy a volver a disparar y de que tengo el propósito de respetar esa convicción aunque me cueste la vida, aún tengo en mis dedos siete tiros, y nada en el mundo podrá impedir que los dispare antes de morir, ni siquiera mi voluntad. Entonces me cogerá la cara entre las manos y mirándome fijamente a los ojos me pedirá con toda la humildad del mundo que le regale tres de esos disparos, solo tres.

¿Para qué los necesitas?, preguntaré.

Para sacar a nuestra madre de allí. Tengo un plan.

En Yuba están los mejores. No van a dejar que se la quiten delante de sus narices.

Tengo un plan, ya te lo he dicho.

¿Algo así como que vamos hasta allí, nos cargamos a todo el mundo y nos la llevamos?, pregunto.

Tengo en mente algo más refinado, dice.

DE VEZ EN CUANDO DURANTE LAS NOCHES INSOMNES

De vez en cuando, durante las noches insomnes, puedo ver mi cuerpo tendido sobre un catre de madera, disuelto en un color lívido, ya sin vida. Tarde o temprano ocurrirá. Siempre lo veo marcado por una herida de arma de fuego. No soy capaz de imaginarme cuchillos o miembros destrozados. El cuerpo está compuesto, se ve hermoso, pero un orificio declara lo que ha pasado, y hay algo obsceno en la herida. Otro agujero del culo. Nunca en la cabeza. La cabeza está indemne, reposa sobre la almohada, el pelo despeinado. Monedas de plata sobre los párpados.

Lo que veo, en concreto, es a dos mujeres que se mueven a mi alrededor. No son blancas, no son hermosas, dos mujeres, que han llegado desde la tierra, no desde una ciudad. Lavan mi cadáver. Tienen manos suaves, cantan en voz baja. Con trozos húmedos de tela frotan mi piel, por todas partes, se deslizan y presionan, limpian. Se llevan la tierra de entre los dedos, la sangre seca y el sudor que aún huele a miedo.

Luego enjuagan en un cubo, donde el agua poco a poco adquiere el color de la tierra. Con gestos regulares eliminan los olores, en los trapos que aferran entre los dedos hay una fragancia sutil de mostaza y naranjo. Saludan todas las partes de mi cuerpo, inventariándolas todas: ascienden por los tendones de los tobillos, se deslizan por debajo de las uñas, se paran en las comisuras de los labios. En las raíces del pelo se detienen con cuidado, con placer lustran los músculos de los muslos. Cuando cogen mi miembro entre sus dedos no dejan de cantar en voz baja. Con decisión, en cada pliegue borran las huellas de lo sucedido, de modo que la vida y la muerte se deslicen de la una a la otra con pureza. No lo hacen porque sea su oficio, tal vez sea una vocación, o una herencia. Son perfectas. Yo no solo las veo, *las siento*. Mi cuerpo las siente. Entonces me dedico a hacer comparaciones, tal vez recuentos. En el fondo hallo la certeza, terrible, de que la caricia de sus manos es la única dulzura verdadera que he conocido en la vida: qué vida. Caricia vacía de sobreentendidos, exigencias, deseo, exhibición. Esas mujeres me limpian piadosas, y sus manos son un gesto que yo nunca he conocido. Incluso en mi madre, cuando me cogía, había como una fiebre, o una urgencia, o una necesidad. Y todas las mujeres con las que estuve pasaban sobre mi cuerpo como en la estación de la cosecha o de la siembra: yo era la tierra de la que esperaban alimento. Pero estas mujeres solo pasan y limpian, como una migración, y a la luz de una puesta de sol. Y es así como conozco lo que habría sido la dulzura. Y me conmuevo. Lloro. Yo nunca he llorado, no sé hacerlo, pero lloro.

Cuando llegan las luces del amanecer, después de esas noches en las que se me han aparecido esas dos mujeres, me miro el cuerpo. Si puedo, me desnudo, necesito permanecer desnudo. Entonces empiezo a tocarme, primero los brazos, luego el pecho, las caderas, las piernas al final. Vuelvo a los hombros. Despierto, vivo, busco la herida que me matará. El segundo agujero del culo que he vislumbrado por la noche. Presiono con las yemas de los dedos la piel tensa, o con dulzura apoyo el peso allí donde la carne es suave, con el preciso objetivo, que increíblemente me parece razonable, de sacar a la luz la herida de donde se está preparando, donde imagino que se encuentra floreciendo bajo los tejidos, como un diminuto sicario, silente. Espero notar bajo los dedos una vibración, la prehistoria de un disparo. Nunca siento nada. Busco con suma atención, pero no encuentro. No pierdo el tiempo con la cabeza, que sé que estará a salvo. Lo que hago es demorarme más tiempo en torno al corazón, pero solo por la poesía, ya que el Maestro me enseñó que, si un hombre es tan ingenuo como para apuntar al corazón, eso significa que no ha disparado mucho y que, por tanto, no acertará. Es triste decirlo, sostenía, pero un buen pistolero apunta al vientre, donde el blanco es grande y doloroso. Solo unos pocos virtuosos, añadió, sienten predilección por la cabeza, poquísimos de ellos se concentran en la frente. Les gusta el riesgo, o disponen de habilidades superiores. Lo dijo mirándome fijamente con las órbitas de los ojos quemados, para que yo comprendiera que me encontraba entre los elegidos.

Pero la herida vive en nosotros, inencontrable, como una fuerza pura que calla por debajo de la nitidez de la piel, preparándose para acontecer. Aristóteles pensaba que toda la realidad se construía de este modo, no solo el acontecimiento singular de la Herida, y llegó a acuñar una palabra, *entelequia*, para nombrar esa tensión que desgarraba el mundo entero, su tránsito de intención a cosa. De potencia a acto. *En*, que en griego significa «dentro». *Telos*, «propósito». Entelequia. Un propósito en el interior. Lo busco bajo los dedos. Cierro los ojos para captar el más mínimo eco, la más minúscula vibración. No es curiosidad, no me interesa saber cómo voy a morir. Es que mi Herida me pertenece, quiero vivir con ella, quiero tenerla conmigo todo el tiempo, no desperdiciarla en un instante de muerte. Es la partícula más íntima y verdadera de mí. La espero. La busco.

Lo que Aristóteles llamaba entelequia, a otros hombres, siglos después, les pareció que era la esencia misma de Dios, su modo de ser. Lo imaginaban como una Intención sin tiempo. No se ha conocido hasta ahora una forma más refinada de ateísmo.

COLGARÁN A MI MADRE EL PRIMERO DE MAYO EN YUBA

Colgarán a mi madre el primero de mayo en Yuba por un asunto de sementales y yeguas. Lo decidirá un jurado compuesto de esta forma: dos cowboys, un telegrafista silencioso, los tres hermanos Hosborne, un tipo del aserradero, un pastor baptista con ojos de ardilla. Ninguna mujer. Ese caballo, mi madre lo robó. Un semental. Lo robó, se lo llevó, hizo que preñara a dos yeguas, luego lo liberó en la noche. Cuando lo encontraron ya no era el mismo, dirá el propietario, tres días y tuve que sacrificarlo, vomitaba sangre. La cuestión, durante el juicio, consistirá en decidir si se trataba en efecto de un robo o solo de un breve préstamo, pero el jurado acabará decidiendo que es como robar un caballo y matarlo, así que... la horca. La ley en Yuba es sorprendentemente primitiva cuando se trata de caballos. Si uno se carga a un cowboy en la Main Street probablemente le caiga una pena menor. Tienen la perversión de la propiedad, una enfermedad mental bastante extendida en el Oeste. No poseer nada ni a nadie, así es como lo veo yo. Todo lo demás trae problemas.

Dice mi madre que intentó por todos los medios que le prestaran el semental, incluso se ofreció a pagar la monta, obviamente, pero ese hijoputa la tenía tomada conmigo, dijo durante el juicio, de manera que si uno no quiere razonar, ¿para qué iba a perder más tiempo con él?

Puedo hacer lo que quiera con mis sementales, dijo el otro.

Horca al amanecer.

Desde una ausencia que se la había tragado, Lilith regresa entonces a la superficie del mundo, repescada por toda esta historia.

La ve llegar un día mi hermano Samuel, y tiene que admitir que efectivamente es ella, idéntica.

Fue a sentarse frente a él, en el despacho donde Samuel gestiona su imperio.

Fue a hablar de nuestra madre.

Samuel la escucha, monumental, desde detrás de su escritorio. Se está preguntando qué coño les habrá contado a esos dos energúmenos que tiene en la puerta para conseguir entrar sin siquiera llamar.

Lilith habla de nuestra madre, de la cárcel donde la tienen desde hace un mes, del juicio, de la condena. Elige bien los detalles, no hay emoción en su voz, solo mucha determinación.

Vamos a ir a por ella, concluye.

Mi hermano Samuel, el hombre que cava la tierra, levanta los párpados hinchados, la mira, vuelve a bajar los párpados.

¿Alguna objeción?, pregunta Lilith.

Samuel permanece inmóvil, con solo una respiración ligeramente más larga que las demás. No tiene una respuesta y eso es normal. La red de sentimientos que nosotros, los hijos varones, alimentamos por nuestra madre se rompió hace tiempo, así que pescar ideas claras sobre ella en el profundo azul de nuestro desconcierto no es algo que hagamos con desenvoltura, y aún menos Samuel, que era silencioso, propenso a la melancolía y ahora es un hombretón lento y taciturno.

Él sabe lo que hay bajo tierra. De pequeño ya lo sabía. Iba por ahí con los bolsillos llenos de humus, las manos siempre sucias, rascaba donde podía rascar, mascaba grava. Había que darle de patadas en el culo para que se saliera del cauce del río, alineaba piedrecillas como si fueran letras. Ahora es un hombre rico, posee cuatro minas entre Preston y el mar, siempre tuvo esa idea de que la tierra tenía mucho que devolver, se pasó por caja. Claro que era necesario saber dónde estaba, esa caja, y él precisamente lleva toda su vida entrenándose, nunca le preocupó nada que no fuera aquello, su pasión es la tierra, pero no en el sentido de los pastos, sino en el de las entrañas, de las vetas, y él las encuentra, no sé cómo lo hace, pero las encuentra, plata, cobre, estaño. Carbón, hierro, zinc.

En cuanto al oro, «Que te jodan», dice. No quiere oír hablar del tema. Nadie ha entendido nunca por qué. Una vez, borracho, se le escapó que los primeros guardianes de las puertas del mundo se dejaron entreabierta la puerta de la infelicidad y por allí se filtró solo un instante un rayo de luz dorada, mientras gemidos sordos se elevaban de la tierra. Que te den por culo, pensé. O se lo dije, no sé. No lo recuerdo.

En cualquier caso, ahora Lilith se sienta frente a él, y ella parece ser la mayor de los dos. Dice que sacar de la cárcel a nuestra madre es imposible. La única solución que nos queda es esperar a la mañana de la ejecución, dice, porque entonces serán ellos quienes la saquen de la prisión para recorrer las cuatrocientas yardas que la separan del cadalso, presumiblemente a pie, o como mucho sobre un carro, eso no podemos saberlo, quizá quinientas yardas, no más, para luego subir al cadalso, en cierto modo *libre*, en ese momento, aparte de las manos atadas, libre de barrotes y paredes. Lo ideal para llevársela de allí, dice Lilith.

Lo ideal, replica Samuel, vagamente irónico.

Una vez fui a ver una ejecución, continúa Lilith, también en ese caso era una mujer, estuve allí para verlo bien, creo que entendí cómo funciona. Van poniendo en fila toda una serie de gestos, uno tras otro, una especie de liturgia. Y al final, un poco antes del final, hay unos diez segundos, justo después de ponerle la soga al cuello al infeliz y haberle agitado una Biblia debajo de las narices. Es como un vientre blando, una breve apnea. Una especie de nada. La dejan ahí para permitirle al pastor murmurar algo, el tiempo justo para una oración apresurada, pero le da cierta solemnidad al asunto en sí mismo, como si fuera un espectáculo, ¿entiendes?, de hecho todo el mundo se detiene a coger aire para el final. Aquella vez, la mujer lloraba. Todos los demás permanecían en silencio, bastante en silencio, así se la oía a ella llorando.

Lilith se pierde en algo, tal vez un recuerdo, o una duda.

Es en esos diez segundos cuando llegamos nosotros, dice al final.

¿Nosotros?

Nosotros. Nosotros, los hermanos, todos.

¿Ya has hablado de esto con los demás?

Más o menos.

¿Vienen?

Vendrán.

¿Abel también?

Abel también.

Samuel suelta un largo suspiro, anotándose mentalmente que nunca debe olvidar que la suya es una familia de locos. Luego dice algo muy razonable.

Lilith, yo peso ciento veinte kilos, me cuesta montar a caballo, odio las armas.

Lo sé.

¿En qué puedo ser útil?

El dinero.

Ah.

Y una cosa más.

Te escucho.

Tienen una Gatling. La colocan junto al cadalso, apuntando a la gente. Puede girar sobre sí misma, dispara cuatrocientas balas por minuto, nunca se encasquilla, la maniobran entre dos. Puede liquidarnos cuando quiera.

Un fastidio.

En efecto. Pero, naturalmente, existe una jugada clásica de respuesta.

¿Y cuál sería?

Cuando los malos tienen una Gatling, los buenos tienen dinamita, recita Lilith.

Samuel permanece inmóvil, gestionando toda una serie de pensamientos que uno puede imaginarse goteando lentos y densos en el cerebro, impulsados por la larga respiración que levanta la enormidad de su vientre, en una rotación de molino bajo el tórrido sol del verano.

¿Sabes quién tiene mucha dinamita?, pregunta Lilith. Los que tienen muchas minas.

Luego se queda esperando una respuesta, algo, pero largo rato. Samuel mueve sus párpados hinchados, está buscando las palabras.

Lilith.

¿Sí?

¿Tú entendiste por qué nuestra madre se marchó, aquel día?

¿Otra vez con esa historia?

Contesta.

No hay nada que entender.

¿En qué sentido?

No hay nada que entender.

Permanecen allí, uno al lado de la otra, sentados en ese despacho lleno de dinero, donde no me cuesta nada imaginármelos, a mi hermano, a mi hermanita, colocados como dos silogismos en las páginas de un pensador árabe, en un capítulo dedicado al alma.

AUNQUE ESTÁBAMOS LEYENDO A PLATÓN

Aunque estábamos leyendo a Platón –puede que fuera el *Banquete*, o el *Timeo*, no lo sé–, de repente el Maestro me dice que pare, con voz seca y terminante, hasta el punto de que la última frase me queda a medias, en vilo sobre la palabra *eterno*. La veo oscilar por un instante en el vacío. Luego me dice que me siente más cerca de él, y yo lo hago porque no tengo motivos para querer algo distinto, cuando estamos juntos, que no sea acoger sus enseñanzas con gratitud y educación.

Creo que ha llegado el momento de hablar del miedo, dice. La palabra *miedo* la pronuncia alargándola un poco y con respeto. *Miedo*.

Me pregunta qué sé al respecto.

Me imagino que no está hablando de la vida, habla poco de ese tema, le gusta ceñirse a su disciplina y su disciplina es disparar, así que lo que me pregunta es si tengo miedo cuando me encuentro a las puertas de un duelo, o de un tiroteo, o de una carnicería. De los que podría salir muerto, se entiende.

Nada de respuestas infantiles, me aclara el Maestro.

Entonces busco la verdad dentro de mí. Me ayudo haciendo pequeños dibujos en el polvo con el tacón de mi bota. Líneas, ángulos. No quiero mentir, así que al final digo:

Cuando disparo no tengo miedo.

Ni tampoco en ese tiempo previo –horas o instantes– en que todo yace en un silencio interior, que es el deleite de las armas cargadas y todavía frías, podría añadir.

Desafío a la muerte, lo hago en la paz de una gran calma, digo. Es la pura verdad.

El Maestro balancea apenas la cabeza, adelante y atrás.

¿Te has preguntado alguna vez por qué? Por qué no tienes miedo.

No.

Intenta preguntártelo.

Vuelvo a dibujar en el polvo.

Es que nunca pienso, de verdad, que me puedan joder. No tengo miedo a morir porque sé que no voy a morir. Soy el mejor.

Me lo ha pedido él, que diga la verdad. No es culpa mía si luego surgen respuestas difíciles de escuchar.

No tiene nada que ver con morir, me dice. Un pistolero no tiene miedo de morir, eso es obvio. Tiene miedo de fallar. ¿Sabes de lo que estoy hablando?

No estoy seguro.

Disparar es un modo de existir, un modo dramático y extraño. Descubrir que no estás a la altura, eso da miedo. En comparación, morir es pan comido.

Sí, entiendo.

Lo que tienes que preguntarte es si, cuando estás a punto de disparar, hay en ti alguna rendija por la que pueda colarse la duda de que no estás en el escenario adecuado. ¿Me explico?

Sí.

La duda de tener un alma demasiado pequeña para todo ese esplendor, ¿me entiendes?

Sí.

¿Y bien?

Me quedo pensando un buen rato.

Busco sensaciones que, sin embargo, no encuentro y recuerdos que no tengo. Todo me parece irremediablemente sencillo.

Siento una vibración y entonces disparo, digo. Nada más.

El Maestro suelta un suspiro que soy incapaz de descifrar.

Se queda inmóvil largo rato, esperando en silencio a que yo consiga decir algo más. Pero no lo consigo.

Pronuncia mi nombre, de un modo cansado.

Abel.

Se gira ligeramente hacia mí, me posa una mano en la nuca, ejerce una mínima presión y me doy cuenta de que inclino la cabeza hacia su hombro. La apoyo allí, entre una solapa grasienta desde hace años y los huesos secos de un viejo pistolero. Uno no diría que se puede estar a salvo en un lugar semejante. Pero el Maestro tiene su mano, que era una mariposa; la tiene entre mi pelo. Con sus dedos me acaricia apenas. Entonces dice: el que dispara sin tener miedo o es un idiota o ha conseguido expulsar el miedo de la superficie de su mundo, enterrándolo en una mazmorra donde está destinado a crecer de forma invisible y feroz. Así que, en realidad, no hay nadie que conozca el miedo como los pistoleros que no tienen miedo. Seguía acariciándome la cabeza, milimétricamente, mientras hablaba. Que Dios los proteja, añadió. Y luego siguió contándome algo sobre sí mismo, concediéndome así un privilegio que rara vez, por no decir nunca, concedía, y fue al escucharlo cuando dejé de escucharlo, porque con el calor de aquella voz una piedra había cedido en mi interior, y algo enorme había vuelto a un estado fluido, hasta el punto de que ahora, con inmensa gratitud, podía oírlo gotear como un llanto, una balada, un salmo, en el lecho seco de mi conciencia. Era como una letanía que me daba cuenta de haber ido memorizando desde hacía años.

Y entonces, ¿por qué estas noches insomnes, y el terror en la oscuridad, cuando no hay nadie que pueda hacerme daño? ¿De qué tierra, de qué vientre vienen los demonios que tras la puesta del sol se arrastran ligeros a mi encuentro para anidar en mi alma, y poner los huevos de la locura en los pliegues de mi alegría? No son criaturas del mal, no es el remordimiento lo que los trae. Son sicarios de un miedo sin fuente, que golpea en el vacío, desde lejos, sin dejarse ver. ¿De qué sirve entonces que mantenga la espalda erguida, ante la mirada de los hombres, delante de cualquier pistola, si de todos modos el miedo se resguarda en el hueco de piedra de mis noches? Me manda a sus mensajeros, enviándolos desde regiones lejanas del ser, países de los que no sé nada. Hablan una lengua que no hablo y que, pese a todo, comprendo. Son idénticos a mí, pero yo no soy así. Solo la luz del día los dispersa, aunque no logra borrar su huella en mi alma. Que, por tanto, siempre llevo dolorida y desgarrada, pero de un modo invisible, porque la llevo cosida en el reverso de esta coraza de sonrisas y de pistolas humeantes, por tanto secreta para todo el mundo, salvo para los muy pocos que la han vislumbrado en un fogonazo, a menudo en un instante de amor.

Entonces se dan la vuelta, las mujeres, en la noche, y lloran en silencio, en mi cama, porque *sienten* mi dolor y saben que nunca podrán hacerme feliz. Es el instante más doloroso que conozco.

Incluso Hallelujah, una vez, antes de marcharse al amanecer, bajo la lluvia.

Ella, que incluso me ha hecho feliz.

Tienes dos sombras, Abel.

Me lo susurró, llorando.

¿Qué haces con ellas?

Me preguntó.

No fui capaz de explicárselo.

Me mantienen bien pegado a la tierra, le mentí.

El Maestro habla y siente mi dolor palpitar en la palma de su mano. Al aburrimiento de la vejez añadirá esta noche la piedad por cuanto, siendo perfecto, en toda juventud, se pierde todos los días.

SE INCLINA SOBRE MÍ Y ME DICE

Se inclina sobre mí y me dice «Ya basta». Mi madre. Ni siquiera sé lo que estaba haciendo, tal vez llorar, de niño lloraba, sabía hacerlo. No se muestra severa, ni siquiera seria, solo inmensamente tranquila, dice «Ya basta» como si describiera algo sencillo, como si te enseñara el camino más corto. Al agacharse, un mechón de pelo rubio le resbala sobre los ojos y se lo recoloca detrás de la oreja. Tiene el pelo fino, casi blanco en verano, se lo deja crecer para sujetárselo, recogido en la nuca, mostrando la línea de su cuello, fibrosa, lechosa, luego interrumpida por el borde de blusas más bien masculinas, siempre cerradas por arriba. O rara vez abiertas sobre sus pechos pequeños, casi planos. Nunca lleva falda, excepto en la iglesia, cuando vamos a la iglesia, es decir, una vez al año, quizá dos. Nunca lleva falda por la curiosa razón de que ella no cabalga como ninguno de nosotros; onda sobre la grupa, piernas cosidas a los costados, tacones como caricias o cuchillos. El mundo se diluye cuando ella se separa del suelo para *subir* al caballo, lo único que de verdad le importa, sin lo que se moriría de tristeza, gesto por el que la recordaremos, sin entender cómo puede llegar a hacerlo de esa forma, entendiendo aún menos de lo que entendemos ese otro gesto, cuando nos acoge dentro de ella, porque cuando nos acoge dentro de ella viene de pensamientos cercanos y sencillos, pero cuando cabalga, entonces su saber viene de lejos, de siempre, de las raíces de cada detalle y matiz, madre que cabalga igual que yo disparo. Hay que imaginarla cuando divisamos una manada, oculta en algún pliegue del paisaje. En ese momento enmudece, ella que ya habla muy poco y de mala gana. Hipnotizada por el deseo, pero con su mirada febril rebotando de un caballo a otro, leyendo la manada como una página escrita en una lengua antigua, busca el sentido, la jerarquía, la lógica, el principio y el fin. Luego nos conduce hasta una danza, que nosotros tenemos que entender a partir de sus gestos, no le apetece decir ni una sola palabra, ni gritar órdenes: hay que entender a partir de sus movimientos; descendemos desde las laderas del valle como aves de rapiña o pretendientes de amor. Mi madre es la mujer que se lanza dentro de la manada, es mi madre quien escoge, captura, doma, soy hijo de la mujer que lleva hasta casa a animales salvajes. Luego, durante días, mientras la vemos convertir su belleza ciega en fuerza doméstica, en servidumbre, en hermandad, aprendemos una lección memorable sobre la vocación del hombre de devastar la pureza para dibujar algo perfecto, artificial y esclavo. Sin saberlo, extraemos de ello el instinto de creer que hacernos mayores será una conversión semejante, en la que seremos nosotros quienes nos domaremos a nosotros mismos. Cuánto sufrimiento ha generado más adelante este equívoco, madre que hablas poco, madre hermosa a ratos, como relámpagos. Muy deseada por muchos hombres, aunque es difícil entender por qué. Porque es irresistible, dice Lilith, aunque no lo explica. Donde nosotros vemos en cambio el andar rígido, antes de subirse al caballo, la boca delgada fruncida en una especie de aburrimiento perpetuo, la sonrisa escéptica, la propensión al silencio, la desgana en el vestir, casi dejadez. Esa hermosa seguridad, claro, de cuando te decía «Ya basta» como si te estuviera enseñando el camino más corto. Las manos delgadas y duras. El olor de lo salvaje. La voz grave. Cómo llora cuando llora, suavemente. Sentada a la mesa, siempre con la espalda erguida. Una sonrisa muy distinta cuando está cabalgando. Siempre quiere un espejo, aunque sea pequeño, en alguna parte. Desde lejos, sin levantar la vista siquiera, sabía si algo iba mal. Una vez se puso a cantar. ¿Cómo es posible que nunca se la viera caerse del caballo? No podría decir que nuestro padre fuera para ella algo especial, la historia de su matrimonio es desconocida y ambos parecían no tener pasado, tan solo presente, y poco futuro. Casi no lloró cuando él hizo mutis por el foro. Quiso cavar la tumba por sí sola, en la tierra helada, hasta destrozarse las manos. Veía a lo lejos como un ave de rapiña, nos enseñó a leer. A menudo dice que había nacido en países donde cae la nieve durante todo el año. Conocía un remedio para las quemaduras, lo obtenía con la cáscara de ciertas frutas venenosas. Le gustaba pescar. Subirá al cadalso por haber robado un semental. Llevaba la cuenta de las serpientes que veía. Con sumo cuidado conservó un par de guantes rojos que se ponía para las grandes ocasiones. Habla con los caballos, con sus propias manos y con las puestas de sol. Conoce otra lengua, aparte de la nuestra. Cuando murió mi hermano Isaac, ella ya no estaba con nosotros. Se marchó una mañana, después de habernos reunido alrededor de la mesa. Susurró palabras que no entendimos, y luego se marchó llevándose consigo cuatro caballos, montando a pelo el más hermoso.

ISAAC CAYÓ DESTROZADO POR UNA FIEBRE LENTA

Isaac cayó, destrozado por una fiebre lenta, la sangre en la respiración. Ocurrió dos años después de que nuestra madre se marchara. Era el más frágil de nosotros, era un chiquillo interrumpido. Podríamos haberlo llevado a la ciudad, pero era invierno, el hielo sitiaba las calles, no nos veíamos capaces de sacarlo de allí. Había dos días a caballo entre nosotros y el médico más cercano, que ni siquiera era médico, sino un mago que curaba a los caballos. Le vimos morir en su jergón de paja.

Nos asustamos.

Fue como si solo entonces empezáramos a pensar.

Así que, una vez enterrado Isaac, reuní a los chicos alrededor de la mesa. Yo era el mayor.

Me pregunté qué sentido tenía seguir trabajando como mulas en los límites del mundo cuando la civilización no parecía acercarse lo más mínimo, todo lo contrario a lo previsto por nuestro padre, a quien le encantaba soñar con un ferrocarril y una ciudad con su nombre. Debía de haber un orden para salir a escena, pero nunca nos tocaba a nosotros; tal vez se habían saltado nuestro nombre y ahora no iban a volver atrás. Quiero recordaros lo que hacemos: criamos caballos, cultivamos la tierra. Vendemos lo que no necesitamos en la ciudad. Acumulamos dinero que no gastamos. La naturaleza nos persigue de muchas formas, y vertiginosa nos consume la soledad. Nuestro padre ha muerto, nuestra madre se ha marchado. Este era el sueño de los dos. Ni siquiera hemos sido capaces de salvar a Isaac.

Se hizo un largo silencio, luego Samuel dijo que todo era una grandísima putada y que, si por él fuera, se marcharía mañana mismo. Ya tenía las minas en la cabeza.

David dijo que nuestro padre estaba enterrado allí, y también Isaac.

Para la clase de personas que éramos, la discusión ya había durado demasiado. No creíamos en las palabras, por aquel entonces. Mi padre y mi madre tenían pocas. No había léxico en el mundo que nos rodeaba, y la gramática de la tierra tenía reglas completamente suyas.

De acuerdo, dije.

Esperamos a la primavera. Luego cada uno se marchó por su camino. Nos repartimos los caballos, y todo lo que uno lograba cargar en ellos era suyo. Nos pareció justo quitar la cruz de las dos tumbas, para que los cuerpos quedaran olvidados e ilocalizables. Le pregunté a Lilith si quería quedarse conmigo, era la más pequeña. Llévame a la ciudad, dijo, y luego ya me las apañaré. Había dinero para todos. Estábamos de acuerdo en vender el rancho en cuanto llegáramos a la ciudad. Se encargaría de ello David.

Siempre recordaré lo que supuso darse la vuelta, ya sobre la colina, y ver la casa donde había nacido, a una distancia que le confería el encanto de las cosas perdidas. No había tablón ni clavo que no amara, allí abajo, y juntos formaban algo que había sido nuestro perdurar protegidos frente al asedio del Infinito. En solo unas pocas semanas, la naturaleza lo recuperaría todo, tragándose lo que había sido umbral, frontera, límite. Ahora me parecía un plan sin sentido el de crear una avanzadilla de racionalidad donde todo funcionaba desde hacía milenios según el instinto de las criaturas, la inteligencia de los árboles, la lógica del agua, las leyes de la luz. ¿Qué imaginábamos poder añadir, o corregir, llevando esa capacidad de encadenar pensamientos que tanto fascinaba a Aristóteles y por la que Descartes aún estaba dispuesto a jugarse los huevos? Simplemente estamos buscando un modo de ganar dinero, habría dicho mi padre. Tal vez. Pero ahora que podía ver, desgarradoras, aquellas tres pequeñas construcciones apoyadas en la curva del río, se me ocurrió pensar que también estábamos intentando crear más allá de lo creado, y con una fuerza de animal minúsculo que, no obstante, podía hacer muchas cosas, capaz por arte de magia de domeñar el agua, doblegar la voluntad de los animales, decidir sobre la vida y la muerte. Teníamos un plan, y no era peor que el del bosque. Teníamos una voluntad, y era más sagaz que la que movía a los insectos o a las bandadas en el cielo. Somos *los humanos*, pensé con orgullo: decidimos *nosotros* cuándo venimos y cuándo nos marchamos. Saqué de su funda el Sharps que había sido de mi padre y que me había quedado para mí. Apunté el cañón al cielo y disparé. El tiro resonó a lo lejos, era un mensaje y llegó.

¿Regresaremos algún día?, me preguntó Lilith.

Nunca nos hemos marchado de aquí, respondí.

En la ciudad descubrimos que el rancho estaba hipotecado y que el banco se quedaría con todo. Mejor, comentó Samuel. ¿Van a hacer un banco en nuestra casa?, preguntó Joshua. Queda un poquito lejos, dijo Lilith. Todos nosotros recomenzamos a partir de un detalle, una circunstancia, una combinación. No se perdió ninguno, ahora puedo decirlo, ni siquiera Joshua, de quien dicen que está loco, y entra y sale de la cárcel. No tienes que preocuparte por mí, me dijo la última vez que lo vi, nací para esto. ¿Para qué? Abrió los ojos como platos, sin decir ni una palabra.

EN AQUELLA OCASIÓN JOSHUA ME REVELÓ UN SECRETO

En aquella ocasión, Joshua me reveló un secreto que más tarde, como una semilla, germinaría en mí, a lo largo de muchos años y muchos dolorosos pensamientos. Me dijo que debía tener mucho cuidado porque, a pesar de que la vida fluía aparentemente como un río, desde las montañas hasta el mar, al mismo tiempo también fluía en sentido contrario, remontando hacia sus fuentes. Así pues, razonar sobre *antes* y *después* es ilusorio, o como mínimo menos reductivo, porque, si bien de forma oculta, el *después* siempre precede al *antes*, al que dócilmente sigue. Se trata de un único movimiento, dijo.

Oiría algo parecido años después, pronunciado por una bruja.

Pero también explicado en un libro, más o menos de la misma época, uno de esos libros que le leía al Maestro. Leyéndolo, uno aprendía que hacía un siglo un abogado fracasado de Edimburgo, se llamaba Home, sostenía, cuando se hizo filósofo, que hablar de causa y efecto era totalmente ilusorio, en realidad las cosas no iban así, de ninguna de las maneras. No es que tuviera una idea precisa de cómo funcionaban las cosas, pero en un punto era inflexible: el hecho de que a un fenómeno le siguiera otro no significaba gran cosa, podía incluso suceder miles de veces, pero nadie podía decir que la próxima también pasaría lo mismo. Apagar una vela y encontrarse a oscuras. Sí, podíamos aceptar como una hipótesis creíble el hecho de que volvería a ocurrir otra vez, pero ya podíamos ir olvidándonos de la certeza. No era lógicamente demostrable. Pasaban cosas, eso era todo, y el desconcierto de los humanos tendía hacia la penosa estratagema de regular el tráfico con esa historia de que había causas y efectos, y que las primeras generaban los segundos. Pero, por mucho que fuera racionalmente demostrable, pensaba Home, sería igualmente plausible que *los efectos generaran las causas*.

Cuando leímos este pasaje, me pareció vislumbrar por un momento una existencia mucho más ligera, fluctuante y sin dirección, una forma exquisita de existir. No entendía gran cosa, pero en resumen tuve aquella deliciosa visión, o sentimiento, o lo que fuera. El Maestro se percató de ello, y negó con la cabeza, apretándome un brazo muy fuerte, entre sus dedos. No dijo nada, pero estaba claro que no le apetecía nada verme arrullado por aquellas historias.

Si hubiera dicho algo, ahora lo sé, habría dicho que, si uno dispara, no puede permitirse ir detrás de ciertas ideas. Piensa de forma simple o morirás.

Y, en efecto, aquí estamos en la tarde que cambió

mi vida; aunque Joshua y Home habrían dicho que fue mi vida la que cambió esa tarde.

Hacía ya un tiempo que, a base de liquidar a sinvergüenzas en la Main Street, los problemas pasaban de largo. Me quedé solo con mi imaginación. Cuando de pronto se monta un lío descomunal, por una historia de ganado, había unos cuantos forasteros de por medio. Los había visto llegar a la ciudad, no me gustaron. Había uno en particular que se movía con una gracia feroz en la que fácilmente se podía reconocer al pistolero. Llevaba dos Remington 44 en las fundas. Espléndidos juguetitos, culatas de marfil. Cuando fui a presentarme, hubo pocas palabras. Estudié sus manos. Por el color de la piel uno puede saber si las reserva para las pistolas, y por ciertos pequeños movimientos se puede aprender algo sobre sus reflejos. Siempre es útil saber quién es zurdo y quién no. Y no hay que olvidarse de estudiar las fundas, me recordaba en todas las ocasiones el Maestro. El ángulo, la altura, el estado de desgaste. Si están engrasadas, es un pistolero. Si están rígidas y nuevas, será como dispararle a un niño.

Las mías, para entendernos, eran suaves como unos guantes franceses.

Y en fin, que empezaron a liarla, delante de los establos, luego sacaron las armas en el *saloon*: a partir de ahí fue un desastre. Yo no llegué a tiempo para evitar los primeros disparos, pero el muerto sí, y todo iba básicamente sobre ruedas cuando el tipo de las Remington me preguntó quién era yo para dar todas esas órdenes. Me lo preguntó delante de todo el mundo, en voz alta. Las Remington estaban en su sitio, resplandecientes. La mano izquierda estaba apoyada en una mesa, la derecha caía un poco más peligrosa, bajando por su costado.

Me parece que ya nos hemos presentado, dije con calma.

Ah, sí, dijo él, como si hubiera tenido que ir a recuperar bien lejos un recuerdo molesto. El sheriff, recapituló.

Yo llevaba las pistolas en las fundas, nunca las sacaba a menos que estuviera seguro de que iba a disparar.

¿Tienes algo en contra de marcharte de aquí en silencio, sin molestar demasiado?, dije. El pistolero entrecerró solo un poco los ojos. Dale las gracias a tu estrella, fantoche, dijo. Y no se movió. Me quité la estrella, se la lancé a Big Bro', quien, al otro lado de la barra, la cogió al vuelo. Acabo de dejar mi trabajo, anuncié. ¿Ahora vas a sacar tu sucio culo fuera de este respetable local?

Bueno, a partir de ese momento sabía exactamente lo que iba a pasar, y el problema fue justo ese, que sabía exactamente lo que iba a pasar. Es algo que te puede suceder, cuando haces lo mismo durante años, saliendo siempre vivo de ello. A mí me sucedía cada vez más a menudo, que lo veía pasar todo por delante de mis ojos antes incluso de disparar. El caso es que esta vez lo vi todo a tal velocidad que mi disparo y su caída eran un único instante y, de hecho, si uno se fijaba bien, eran un instante inverso en el que el hombre caía y luego llegaba mi disparo, como una consecuencia. Perdí un fragmento de tiempo gravísimo sintiendo la suavidad de aquel mundo al revés, donde el nexo entre causa y efecto se había invertido, haciéndolo todo mucho más clemente y armónico. Tal vez incluso llegué a pensar que podría tratarse de un modo más *justo* de disponer las cosas en la superficie del mundo, si se quería adoptar como norma habitual. Entonces caí hacia atrás, literalmente derribado por un disparo en todo el pecho. Abrí los ojos, vi que el pistolero daba dos pasos adelante y me apuntaba con la pistola, para acabar conmigo. Entonces volví a poner las cosas en el orden que no le gustaba a Mr Home, orden del que Joshua decía que era parcial, y que la bruja sabía que era ilusorio. Desenfundé con una velocidad que nunca había conocido, y de memoria, renunciando a los ojos que veían borroso, *sentí* un punto en el centro de su frente, y disparé. Se desplomó fulminado sobre mí, sin tener tiempo siquiera a poner una impresión de estupor. Apoyé la cabeza en el suelo, cerré los ojos y me dije Veamos, pues, de qué va esto de morir.

A los veintitrés años, Home cambió su apellido, convencido de que era demasiado escocés para sonar bien en Inglaterra. Así que hoy es famoso en todo el mundo como David Hume.

CORRÍA EL RUMOR DE QUE UN HOMBRE CURABA A LOS LOCOS

Corría el rumor de que un hombre curaba a los locos, y cabalgué dos días para ver de qué iba esa historia. Yo tenía veintitrés años. Era la época en la que aún pensaba que había que hacer algo con Joshua. No había entendido un carajo. Pero en fin. Fui, el hombre se llamaba Wood, oficialmente era médico, podía curarte cualquier dolencia, y lo hacía bien. Pero también se supo después que era una especie de mago capaz de *hipnotizar* a la gente. Aquello era un número que, si uno lo veía con sus propios ojos, impresionaba bastante. Podía parecer cosa de prestidigitadores, pero la verdad es que el tal Wood utilizaba ese truco para curar a los locos. Para sanarlos. Iba por ahí con tres caballos y una hija, no le gustaba quedarse quieto en un sitio, prefería llegar a una ciudad, asombrar y luego marcharse. Por regla general hacía una demostración en el *saloon*, o en la iglesia, y luego pasaba visita en el hotel. Si en tu familia había algún demente que te liaba las ideas o que se masturbaba todo el tiempo por la calle, se lo llevabas. Algo ocurría, en efecto. Fui a estudiar sus exhibiciones y al final, si tengo que ser sincero, lo que me dejó pasmado fue más que nada la hija. Hacía como de ayudante y al final cobraba, al salir. Dinero u otras cosas, también aceptaban gallinas, o promesas. No parecían especialmente interesados en hacerse ricos. Lo curioso de la hija era que, en realidad, quien curaba a la gente era justo ella. No a los locos, esa era la especialidad de su padre. Pero del resto de la gente, de eso se encargaba ella. Fracturas, gangrenas, fiebres. No lo iban contando demasiado por ahí, porque un cowboy no deja que una mujer le saque una bala, pero esa era la verdad: la que al final te solucionaba los problemas era la hija. Y en eso era especial, tenía fama de ser especial. En fin, que muy bien eso de la hipnosis y todo lo demás, pero a mí se me quedó grabada sobre todo ella. Tenía una especie de misterio. Además de una belleza arrogante y luminosa, he de añadir.

¿Cómo te llamas?, le pregunté.

Hallelujah.

¿Bromeas?

No. Hallelujah Wood.

Luego me preguntó si tenía algo que curar, una fractura, una bala vagando por mi cabeza, o qué.

No. Nada. Solo quería verte de cerca.

¿Y qué tal?

¿Querrías casarte conmigo?

Yo nunca me casaré. ¿Cómo te ganas la vida?

Disparo.

Original.

Pero tiendo a hacerlo desde el lado justo.

¿Hay un lado justo?

El de la ley.

Ah, ese.

¿Qué haces esta noche?

Salgo contigo. Ve a darte un baño.

Digo todo esto para completar la historia de Montague. Montague es el lugar donde me perdí en mis pensamientos, viendo por un momento la corriente que recorre el mundo al revés, con el resultado de acabar tumbado por un disparo en todo el pecho. Nos habíamos quedado en que yo estaba muerto. Lo dijo hasta el barbero de la ciudad, un viejo que entendía poco pero que sabía reconocer cuando uno estaba estirando la pata. Dijo que en unas horas, tal vez en un par de días, estaría muerto. Yo no recuerdo nada, ya me había ido de allí.

Se enteró de ello Hallelujah, que estaba con su padre cerca de la costa. Las noticias vuelan y yo no era de esos que pierden un duelo sin que llegara a saberse hasta en el mar. Pasó una noche a caballo y luego se inclinó sobre mí. No por maldad, pero yo ni siquiera la saludé, no estaba en condiciones, digamos. Ella me examinó un buen rato, por lo que parece, son cosas que la gente fue contando durante años. Al final pidió un carrito, me cargó en él y con la luz del mediodía me llevó hacia las montañas. Al atardecer llegamos a la aldea payute. ¿Sabes quiénes saben realmente de medicina?, me dijo en cierta ocasión. Los hombres de las tribus.

Ellos no piensan que las enfermedades sean problemas que haya que resolver, sino que más bien tienden a considerarlas una variante molesta de estar vivos, una forma de expresarse que tiene el cuerpo. Por eso se ocupan mucho tiempo en dejarte enfermo, para que los espíritus malignos que habitan en ti obren como les plazca, no se cabreen y se expliquen bien. Una bala en un pulmón no es exactamente una enfermedad, pero al final la lógica es la misma. Si confías en ellos, lo último que debes hacer es meterles prisa. Pasé todo un invierno con ellos, muriendo, y muriendo de nuevo, y muriendo continuamente. Me colocaron en un pequeño grupo de tiendas, a dos horas de distancia de la aldea, perdido en un desierto que llamaban el desierto de Ogàla. Vivían allí viejos guerreros, un chamán, algunas mujeres. Era un lugar *translúcido,* decían, una palabra que ellos reservan para aquellos lugares donde el Espíritu del mundo sube a la superficie con más facilidad. Son lugares sagrados. A veces puede ser solo una piedra, enorme, en medio de la nada. Entonces para ellos es la Piedra Sagrada. Aquel desierto era un desierto sagrado. No es que yo recuerde gran cosa, pero lo que puedo decir es que acabó siendo sagrado también para mí. Que nadie me hable mal del desierto de Ogàla.

Al cabo de tres meses, cuando ya empezaba a entender algo, pero aún no podía mantenerme en pie, me llevaron hasta el río, me colocaron en el fondo de una canoa hecha con corteza de abedul y dejaron que la corriente me llevara. El hecho es que, si los espíritus malignos se toman su tiempo y no parecen quedarse tranquilos, entonces es mejor recurrir a algo fuerte: en la práctica, te meten entre los rápidos y allí se llega a saber si tu destino es vivir o morir. Lo decide el río, al que los payutes consideran un padre. De todos modos, se preocupan por sus enfermos, la canoa está hecha a la perfección y el tramo del río es intransitable, pero no imposible. Digamos que como apuesta resulta equilibrada.

Yo me quedé allí tumbado, con las nubes en los ojos y el rumor del agua que se arremolinaba en mis oídos. No se me ocurrió ni siquiera por un momento levantarme y mirar. No sabía qué habría hecho si la canoa se hubiera volcado, ni siquiera sabía si tendría fuerzas para nadar y para luchar de algún modo. Pero ese no era el espíritu del asunto. Estabas en los brazos del río, como en los del destino. Estate tranquilo y respira, me dije.

Al final estaba vivo, y eso significaba que no iba a morir.

CUANDO REGRESÉ ERA VERANO

Cuando regresé era verano. Había un nuevo sheriff en la ciudad. Era un hombre apuesto, se veía que cultivaba un toque teatral, por así decirlo. Se me acercó, se quitó la estrella y me la ofreció: esta es tuya. Había bastante gente alrededor. Debían de haberlo preparado con esmero. Me entró afecto por todos ellos, uno a uno, y eso que allí en medio había algunos impresentables que no veas. Pero, en fin, que me habían dado por muerto, y ahora había una especie de claro donde se habían citado solo los corazones buenos. Algo de locos. Miré la estrella y dije que se lo agradecía, pero que tenía otros planes por un tiempo. Se hizo un largo silencio. Tal vez esperaban que les explicara algo. Allí mismo no encontré nada que añadir. En cualquier caso, todo acabó con unas rondas: así es como suele acabar en el Oeste todo lo que no se termina de acabar.

La verdad es que después del tiroteo de Montague una vida diferente vino a buscarme. Me estaba buscando, me encontró. Todo se volvió más ligero, huidizo y misterioso. A veces lo sufro horriblemente, como un pájaro en la tormenta; otras es como ser luz purísima que no proyecta sombras en el suelo. No sé. El hecho es que toda mi vida *he disparado*. El que apunta cree que el mundo está atravesado por líneas rectas. Por un antes y un después. Por un aquí y un allá. Ni siquiera lo cree, *lo sabe*. Mata siguiendo esas líneas; al final de esas líneas muere. Hay una geometría, uno la siente, no traiciona. Pero el tiroteo de Montague acabó complicándolo todo, o simplificándolo todo para siempre.

¿Cómo diablos pudo suceder?, me preguntó el Maestro. Lo encontré tiempo después, a la salida de un burdel, fumando mientras una jovencita le leía no sé a qué místico medieval. Había conseguido encontrar una puta que no fuera analfabeta. Ese hombre tenía mil recursos. Ni siquiera me saludó. Me preguntó inmediatamente qué había pasado en Montague. No me lo preguntó con dulzura. Estaba molesto, y punto. Sabía algo de ese pistolero de las Remington, y las cosas no le cuadraban. Estaba seguro de que yo había puesto algo de mi parte, y eso no le gustaba lo más mínimo.

Antes de disparar lo vi caer, como si ya estuviera todo escrito, pero al contrario, le dije. Creo que me quedé un instante contemplando aquel extraño espectáculo. No lo había visto nunca antes. No lo entendía. Me quedé un instante como hechizado.

Dado que el Maestro no decía nada, añadí algo que probablemente estaba comprendiendo por primera vez justo en ese momento.

Por un instante *sentí* que no había una distinción real entre él y yo, éramos una única curvatura del mundo.

Dije exactamente eso. Era exactamente mi voz. Por un momento *sentí* que no había una distinción real entre él y yo, éramos una única curvatura del mundo.

La puta me miraba como si yo le estuviera pidiendo que se follara un recuerdo mío y no estuviera segura de qué tarifa pedirme.

El Maestro le hizo un gesto. Ella dejó el libro en el escalón y se marchó. Puso dentro una pluma de halcón, para marcar la página.

Nos quedamos allí un rato, los dos, sin decir nada. Luego el Maestro extiende los brazos, las manos en el aire, hacia mí. Conozco ese gesto. Me agacho, él me coge la cabeza entre las manos. Lo hace pocas veces, es su forma de mirarte directamente a los ojos, él, que ya no tiene ojos. Acerca su boca a mi oreja y me habla largo rato con una voz lenta que nunca le he oído. Es insólitamente claro, apacible. Yo lo escucho y comprendo sin emoción, en las escaleras de un burdel, que no volveré a disparar nunca más y que nada podrá cambiar este destino mío.

Para ser sinceros, Hallelujah sostiene que yo ya había renunciado desde hacía bastante tiempo a la historia esa de las pistolas, antes de encontrarme al Maestro aquel día. («Por cierto, ¿podrías explicarme qué hacías tú en las escaleras de un burdel, cowboy?».) No sabría decir. Ciertamente, en aquel tiroteo, en Montague, se me apareció una mesa de juego que yo nunca había visto antes, aunque había oído hablar de ella. Con geometrías propias por completo. Ya no había líneas rectas, le dije, y la partida se jugaba de forma simultánea en varias direcciones. Pero no era solo eso. Había más cosas. Por ejemplo, el meollo del asunto no parecía ser realmente el hecho de que fuera yo contra alguien. Siendo sinceros, ni siquiera parecía que *yo* estuviera en un lado y, en el otro, *alguien*. Resulta difícil de explicar, pero más bien parecía que éramos todos un único animal, ni bueno ni malo, un animal. Así que la idea de disparar a ese cabrón y hacerlo antes que sus Remington no parecía ser la mejor idea disponible. No tenía otras, de acuerdo, pero aquella parecía una verdadera idiotez. Como he dicho, él tenía un modo más elemental de considerar el asunto, y eso explica por qué acabé en el suelo con una bala a tres centímetros del corazón. Tuve que retroceder muy rápidamente a fin de recuperar la fe necesaria para dejarlo seco. Sigue siendo el mejor disparo de mi vida, el que hice casi a quemarropa, con los ojos cerrados, justo entre ceja y ceja. No quiero darle demasiada importancia, pero encontrar un final mejor resultaba difícil.

Después de aquel día, solo disparé siete veces más en mi vida; las tres últimas, para hacerle un regalo a mi hermanita, Lilith. Nunca me ha quitado las pistolas, y siempre encontraréis un rifle metido en mi silla de montar. Pero nunca más acepté la estrella, en ninguna parte, ni tampoco dinero por mi talento. Lo que me pareció más apropiado fue ir escurriéndome lentamente hacia el sur, alejándome de las tierras que me conocían. Tal vez tenía pensado llegar a algún lugar donde nadie supiera quién era, con la idea de desabrocharme el cinturón, en ese momento, y enterrar mis pistolas para siempre. Pero eso no sucedió. No fueron así las cosas. Un día me di cuenta de que se me había acabado el dinero. Vivo con poco desde entonces.

Tenía manos de marfil, en mis tiempos, todos los pistoleros las tienen. Ahora las miro, están llenas de sol y marcadas por el trabajo. Me gustan, son mías. Por lo demás, cuando le busco un sentido a todo esto, acabo viendo de nuevo a una bruja que, en las colinas, me mira, se ríe, y luego dice: será muy doloroso, pero un día, Abel, te lo prometo, nacerás.

A PROPÓSITO EL JUEZ MACAULEY

A propósito. El juez Macauley, me gustaría aclararlo, no murió ese día, en la morada de la bruja: solo tuvo un buen lapsus, por decirlo así. Sobrevivió otros ocho años. Le dio tiempo de enviar a otros catorce malnacidos al cadalso y a salvar de la soga a un buen número de personas complicadas. En los últimos meses quizá no estaba demasiado bien de la cabeza. Dictaba sentencias que dejaban a la gente ligeramente perpleja. Yo también estaba allí, en el tribunal, cuando condenó a un estafador «a aprender francés». ¿Eso qué es, una condena?, protestaron los estafados, que esperaban al menos una temporada de cárcel. *Oui*, respondió el Juez. Al final fue una suerte que, en medio de una noche de abril, el destino se lo llevara con dulzura y mano firme, rápido. Le arrancó el corazón del cuerpo. Había un montón de gente en el funeral, no teníamos muchos jueces en aquellas tierras, y él era un hombre especial. El sermón, delante de la tierra abierta en canal y con el ataúd colocado en el fondo, lo pronunció mi hermano David, el Pastor. En mi opinión, es uno de los mejores sermones que ha predicado en su vida.

«Juez Macauley, Abraham Macauley, ¿adónde coño te has marchado? ¿Quién administrará la justicia en nuestras tierras, nacidas injustas, y traerá la paz a nuestros hogares siempre en guerra? ¿Debo hacerlo yo, que humildemente sirvo al Señor y que, por otra parte, no sé hacer otra mierda que no sea esta? ¿Debe hacerlo Paul, que ensilla los caballos? ¿O Esther, porque es la más bella de la ciudad? ¿O Jackolson, solo porque sabe jugar al ajedrez? Cada uno tiene aquí su trabajo, y el tuyo era separar a los inocentes de los culpables, y ahora que por fin puedo hablar contigo sin que me interrumpas, puedo decirte que tú ese trabajo lo hacías divinamente, porque te gustaba, te volvía loco colocar a los inocentes en un lado y a los culpables en el otro, te gustaba separar la sombra de la luz, y sabías hacerlo. Lo hacías con piedad y sin rencor. Lo hacías como crece un bosque y vuela un pájaro. Escucha, pues, nuestro agradecimiento, desde la inmensa distancia en la que has acabado en un instante, y llévatelo contigo en el viaje que te aguarda. Viaje del que, soy consciente, yo debería saber unas cuantas cosas, siendo el pastor de esta comunidad. Y que, sin embargo, no soy capaz de imaginar, por mucho que me esfuerce, más que como un agujero negro que ni siquiera es doloroso, sino de una infinita estupidez. Es evidente que yo debería estar aquí para recordaros cómo nuestro hermano Abraham tuvo la grandísima suerte de cruzar el umbral que lo lleva a la eternidad, dejando atrás este mar de putadas que la vida nos dispensa, entre las que está la agotadora necesidad de encontrar algo que comer todos los días, el devastador instinto de enamorarse y la humillante tarea de envejecer hasta el punto de acabar cagándote encima. Deberíamos entonar himnos de alegría, como exigiría aquello en lo que creemos y la palabra de Dios, que ahora no me atrevería a discutir. Pero entonces ¿por qué te echaré de menos esta noche, juez Macauley?, ¿por qué me parece tan infinitamente *estúpido* que esta noche tus ojos no miren los culos de nuestras putas, y tu ironía no barra nuestros pensamientos borrachos, y tus manos de póquer se vean exiliadas en manos que no son las tuyas, incluso con el riesgo de resultar ganadoras? ¿Por qué yo, hombre de fe, no soy capaz de pensar que el mundo es mejor esta noche, ni que se haya cumplido tu destino, ni que nuestra comunidad quede en paz? ¿Por qué estoy aquí hablando con tal de no cerrar la tierra sobre tu cabeza? Demonios, incluso eras jodidamente viejo, ¿qué esperaba yo, que ibas a sobrevivir toda la eternidad?, ¿acaso he perdido la cabeza? De todas formas estabas empezando a soltar disparates y, si quieres que te diga la verdad, hasta olías un poco a muerto, déjame que te lo diga, a lo mejor se te había acabado la colonia francesa, no lo sé, pero lo cierto es que últimamente hasta apestabas un poco, eso pasaba; y sin embargo, Dios mío, y sin embargo, esto es lo que quiero decir, esto es lo que *tengo* que decir, *esta noche es una noche de mierda*, y la Biblia ni siquiera voy a abrirla, no esperéis un bonito salmo de consuelo, ni siquiera voy a buscarlo, no quiero la palabra del profeta y no quiero oír lo que tenía que decir sobre el tema el hijo de Dios, esta es una gran noche de mierda y no hay nada que hacer, ahora cada uno se vuelve para casa y se lleva consigo esta gran noche de mierda. Se la lleva a la cama, coño. Amén.»

Luego cogió una pala, mi hermano David, y empezó a cubrir frenéticamente de tierra el ataúd del juez Macauley, blasfemando con cierta brillantez. Tuvieron que pararlo y hacer que se calmara.

Lilith conoce esta extraña inclinación suya a tener raros y feroces estallidos de cólera, tendidos sobre un lecho de maravillosa calma, por lo que ha pensado para él un papel especial, en el asunto ese de sacar a nuestra madre del patíbulo. En síntesis, se espera que él entretenga con amabilidad al pastor de Yuba, paseando por su hermosa iglesia, charlando sobre temas como las noventa y cinco tesis de Lutero o, ya puestos, las cinco pruebas de la existencia de Dios formuladas por Tomás de Aquino. El propósito del asunto es permitir que, mientras tanto, dos de los hombres del hermano Samuel coloquen, sin ser importunados, una docena de cartuchos de dinamita en los puntos neurálgicos del hermoso edificio de madera, y luego los conecten a un único detonador, para que se pueda activar a distancia.

¿Quieres volar por los aires la iglesia?, preguntará el hermano David, el Pastor.

Exacto, responderá la hermana Lilith.

¿Hay alguna conexión entre una gilipollez como esa y la idea de sacar a nuestra madre de allí arriba?

Si tienes un poco de paciencia, te lo explico.

Y hace un dibujo con un palito, en el polvo. Es la Main Street de Yuba. El cadalso está al principio, la iglesia al final. Cien metros, poco más. Luego dibuja a toda la gente alrededor del patíbulo, todo el pueblo estará allí disfrutando del espectáculo. Marca con una X dónde colocarán la Gatling, encima de un carro, a la derecha del cadalso. Hace unos circulitos sobre los tejados de algunas casas. Allí pondrán a algunos que tengan a tiro todo el asunto, dice. Quizá no francotiradores, pero sí gente a la que se le dé bien disparar. A otros los mezclarán con la multitud. Tres, cuatro, estarán sobre el cadalso. Nada de ejército, sino vigilantes que saben hacer su trabajo.

¿Toda esta gente para ahorcar a una ladrona de caballos que no ha hecho daño a nadie?, preguntará David, el Pastor.

En ese sitio, están obsesionados. Las ejecuciones son la especialidad de la casa. Se empeñan en ello. Vienen desde lejos para asistir al gran teatro.

Idiotas.

Pero buenos.

¿Y entonces?

Lilith vuelve a bajar la mirada hacia el dibujo. Es una jaula bien diseñada, dice, aparentemente no hay manera de abrirla. ¿Y sabes por qué? Es lógica. Es racional. No tiene puntos débiles. Es un silogismo que funciona. Por tanto solo hay una cosa que puede ponerla en peligro: lo totalmente irracional. Una esquirla de locura.

Coloca el palito sobre la iglesia.

Pum, susurra.

Tienes que imaginarte al pastor borbotando unas líneas de la Biblia, un silencio casi absoluto, todo el mundo inmóvil, nuestra madre con la soga al cuello y unos veinte segundos aún de vida. Tienes que imaginarte la tensión y la total ausencia a esas alturas de dudas, en todas las cabezas que puedas contar delante de ese puto cadalso. Y en ese preciso momento, hay una explosión letal que rasga el silencio, todo el mundo se gira, *todos*, David, y ven su iglesia volar entre las llamas, no un carro, no una casa, no la oficina del sheriff, sino su gran y hermosa iglesia. En tu opinión, ¿cuánto tiempo tardarán todos en salir del hechizo y regresar a este mundo?

¿Unos diez segundos?

En esos diez segundos, vamos a rescatar a nuestra madre. Somos los únicos que en esos diez segundos podemos pensar con lucidez, disparar, cabalgar, llegar, desaparecer. Somos los únicos racionales en un mar de gente aturdida. Sé cómo hacerlo, la rescatamos y nos la llevamos de allí. Vuélame esa iglesia, David, y del resto ya nos encargaremos Joshua, Abel y yo.

Es la casa del Señor, Lilith.

Estamos hablando de alguien que nació en una gruta, David. Se las apañará.

ANTES DE ACABAR EN MÉXICO

Antes de acabar en México, en mi lento escurrirme hacia el sur, del que sin duda alguna hablaré si aún no lo he hecho, estaban aquellos páramos al rojo vivo, que atravesé, esculpidos por el sol. La tierra, por regla general, es una pasta viva y grasa, pero allí una especie de violencia la partía en dos cada día, dejando a un lado piedra durísima y al otro polvo sin fin. Los pasos fastidiaban hasta doler, y el aire era harina en los pulmones y en los ojos. En aquella gran luz, no obstante, yo caminaba *dichoso*, como nunca después he olvidado, y como quizá sabía desde siempre. Me gustaba el aturdimiento, el temblor del horizonte, las distancias desleídas y la perceptible disolución de toda clase de propósito. Lo creado resultaba fluctuante, incierto: algo que me habría parecido detestable cuando aún disparaba, y que ahora en cambio me parecía dulcísimo, a la edad en que me había puesto a escurrirme hacia el sur, como una gota sobre un cristal, y alejado de mis pistolas.

Y entonces, un día, acabo en un monasterio adyacente a las colinas. Bien en medio de aquella tierra muerta. Habían ido a buscarse cierta lejanía, o castigo, para encontrar a Dios más fácilmente, creo. O detrás había una historia que no recuerdo, probablemente algo relacionado con un santo español. Había una docena de frailes, además de algunos chiquillos bien peinados, un par de mujeres, un viejo demenciado.

Al tercer día, llega por el horizonte una nube espesa y veloz, nos metemos todos en la iglesia, nos pasa por encima un huracán, era interminable, caía lo imposible, un castigo divino: me volví de nuevo un crío, una vez que el temporal nos pilló a mi padre y a mí, espantoso, como seguramente contaré, o ya he contado, no lo sé. En cualquier caso, los frailes empezaron con sus oraciones. Estuvieron así un buen rato. Cánticos y oraciones. Mientras tanto, fuera parecía como si el mundo se viniera abajo. Duró mucho tiempo. Luego todo terminó, casi de golpe, se había desahogado con ganas y ahora se había marchado, fuera lo que fuese aquello. En cuanto asomamos la cabeza, ya estaba allí otra vez aquel sol caníbal, devorándolo todo. Rebotaba por el patio casi inundado, los chiquillos correteaban descalzos chillando y salpicando: la felicidad.

Me subí al campanario, no es que fuera muy alto, la verdad, pero me entraron ganas de subir allí arriba. Me alegro de haberlo hecho. Durante un rato me quedé observando la gran nube negra que se alejaba. Luego, no sé, pasó algo de tiempo, pero no sé de qué tipo. Mucho tiempo, de todas formas. En un momento dado las voces de los chiquillos ya no se oían. Miré abajo, hacia el patio. Tal era el hambre del sol, en aquel lugar, y la sed de la tierra que ya había desaparecido bastante agua. El patio estaba volviendo a ser el que siempre había sido. Pero tuve la suerte de mirarlo en aquel instante, antes de que se volviera tierra dura y seca, y cuando aún era, en cambio, como una piel manchada, una piel seca donde aquí y allá brillaban los charcos, como destellos.

Me impresionó cómo la tierra permanecía aferrada a aquellos charcos de agua, y con qué elegante exactitud lograba explicar de esa forma cuanto le había sucedido.

De toda la vida que uno ha vivido y vivirá –si se sabe esperar, y antes de que todo se desvanezca–, uno encuentra el relato, en momentos especiales, en su propio camino. Es un error esperar algo lineal, como instintivamente nos sentiríamos inclinados a hacer. Es más fácil que el relato de lo que has sido y lo que serás te salga al encuentro como una piel manchada de destellos: charcos dejados atrás por un huracán en fuga. Donde el cielo se refleja.

ME MORDÍAN ESAS NOCHES DE INSOMNIO

Me mordían esas noches de insomnio, la última me había clavado sus colmillos en la garganta, así que casi no esperé a la mañana, fui a despertar a Scott, encárgate tú, le dije, yo me voy a buscar a Hallelujah.

Ya debo de haber dicho que Scott era mi ayudante, el joven. El viejo citaba a Voltaire, este no citaba nada de nada, pero conocía a la gente.

Se da la vuelta en la cama, está con una de esas putas suyas.

Prueba en Deerfield, murmura.

Creo que me odia.

La vieron por allí, añade.

Echo un vistazo a la puta. No está nada mal.

Voy a buscar a Hallelujah, digo.

No quería llegar a Deerfield cuando ya hubiera oscurecido, así que cabalgo como un demonio y sin pensar.

Pero no la encuentro allí, ni tampoco en el Trading Post de Carver, no ha pasado por Marlborough, nadie la ha visto en el puente de Marshall; entonces un viejo me dice que el doctor Wood está enfermo, lo encontraré en el río, en la casa del vado.

Un médico enfermo, pienso en voz alta.

El viejo me dice que también existen sheriffs corruptos, noches luminosas y senderos que no llevan a ninguna parte. Yo mismo, añade, soy un viejo niño.

Es verdad, digo.

Voy al vado, el doctor Wood está allí, en la cabaña de Sam.

Acerco una silla a su cama, me siento.

Soy Abel Crow.

Está tumbado bajo una gruesa manta, completamente vestido, tan solo con el cuello desabrochado sobre la nuez de Adán, que sube y baja rascando un poco. No dice nada, pero me tiende un papelito que ha sacado de algún bolsillo. Es de Hallelujah. «Para Abel, por si pasa por aquí.» Lo abro, son solo unas pocas palabras. «Abel, amor mío, ¿me echabas de menos?» Fin.

¿Dónde está?, le pregunto.

Wood se incorpora un poco, no parece estar tan mal. Me mira.

No sé qué coño ve en ti, dice.

Es que soy un ángel, intento explicarle.

Ah. Claro.

Tengo a los demonios dentro, pero soy un ángel, aclaro.

Interesante.

¿Está bien? Quiero decir, no es nada grave, ¿verdad? Lo veo bien.

Niega con la cabeza.

Debería marcharme de esta tierra, no se puede respirar, toda esa humedad que viene del mar, y durante el día no se puede respirar. Debería subir a las montañas. Allí se puede respirar. O regresar al este. Yo vengo de allí, ¿alguna vez te lo he dicho?

No, no señor.

Vengo del este. Ese es otro mundo.

Me lo imagino.

Luego nos quedamos un rato callados. No parecía que tuviéramos mucho más que decirnos sobre el tema.

Al final me preguntó qué hacía allí.

Estoy buscando a Hallelujah.

Hizo un gesto con la cabeza, parecía como si negara.

No sé dónde está, dijo.

¿En qué sentido?

En el sentido de que no sé dónde está.

Se quedó un momento pensándoselo.

Me trajo aquí, luego cogió el caballo y se marchó.

¿No le preguntó adónde iba?

¿A Hallelujah? Oh, no. Claro que no. No es la clase de pregunta que uno puede hacerle.

Es su hija. Claro que puede preguntarle adónde va.

Wood se volvió hacia mí. Me examinó un rato, parecía estar calculando algo, como el porcentaje de sabiduría que había en mis ojos. O tal vez estaba intentando saber cuántos años tenía. Veintisiete, ahora que me acuerdo. Pero no se lo dije. Esperé a que acabara de estudiarme bien. Selló el asunto con una tos que venía de pulmones muy lejanos. Volvió a mirarse las manos, entrelazadas una con otra, apoyadas sobre la sábana.

No es mi hija, dice con sencillez.
Me quedo cortado.
¿Qué quiere decir, señor?
Que no es mi hija. ¿Te interesa la historia?
Por el amor de Dios, pues claro que me interesa.
¿Qué me das a cambio?
¿Perdón?
Qué me das a cambio.
¿Se refiere a dinero, señor?
¿De qué dinero me hablas? ¿Tienes una historia para darme a cambio?
¿Una historia?
Tuya.
Bueno, ciertamente, señor. Tengo muchas historias mías para darle a cambio.
Elige la más secreta.
Me quedé pensándolo un rato. La de mi madre no, esa ni muerto.
¿Y bien?
Tendría una, sí.
¿Cuál?
Es muy... Es muy desagradable para mí contarla, señor.
Bien. ¿Qué historia es?
Cuando mataron a mi padre.
Perfecto.
Me tendió la mano para que se la estrechara. Se la estreché.
Empiezo yo, dijo.
Y nos contamos dos historias.

EL ÚLTIMO AL QUE VA A RECOGER ES JOSHUA

El último al que va a recoger es Joshua, porque solo con él Lilith puede contarlo todo; nosotros conocemos lo que reposa sobre la superficie del mundo, del resto no entendemos una mierda.

Siempre fue así, esos dos estaban en una misma otra parte. En cierto sentido, Lilith es el fruto exitoso del mismo experimento que en Joshua funcionó de un modo extraño, que se le fue de las manos al mago. Así se explica la violencia y la irreductible pena de aquel muchacho, cuando, en cambio, Lilith es un diamante, y su vida un teorema ordenado. Ambos, en cualquier caso, saben algo del misterio. No tengo ni idea de quién lo sacaron.

Así que Lilith se va a ver a Joshua y le explica el plan. No es un asunto sencillo, porque llevarse a un condenado de un cadalso es algo que a las autoridades no les gusta demasiado, y por tanto se cuidan mucho de hacerlo imposible. Pero la hermanita es geométrica en el pensar y visionaria en el creer, de manera que en el lapso de un día pasado columpiándose frente a la casa, decidió lo que se podía hacer con cierta posibilidad de éxito con tres hermanos –uno rico, otro loco, otro bueno–, más un cuarto famoso por ser el mejor pistolero del Oeste.

Supongo que el loco soy yo, apunta Joshua.

En efecto.

Por curiosidad, me gustaría saber para qué tarea me hace especialmente adecuado mi locura.

Joshua puede pasarse horas hablando como si procediera de los barrios caros de Boston, ha leído tanto que puede fingir que es normal de muchos modos distintos y razonar según las reglas de cualquiera que tenga delante. Por eso es una persona que puede resultar agradabilísima. Su locura irrumpe de repente, nadie podría predecir nunca cuándo. Tal vez él, pero nadie le ha oído nunca decir nada a ese respecto. Igual que la ballena sale a la superficie a respirar, él enloquece de la misma manera, ofreciendo espectáculo a quien mira desde la orilla. Luego puede pasarse sumergido tiempos larguísimos, que un ser humano ni siquiera podría imaginarse. Pero tarde o temprano la ballena siempre sube a respirar.

Así la violencia lo lleva a la cárcel, el desprecio por toda clase de vergüenza lo convierte en un paria y el deseo ciego lo vuelve infame.

Es fantástico, en cambio, cuando surca los mares en profundidad, hasta el punto de que nadar con él durante breves trechos, en ese azul que conoce, es algo muy valioso, que incluso puede cambiarte la vida. En todas esas ocasiones, luego subes de nuevo a la superficie con los pulmones a punto de estallar y entonces solo te queda despedirte de él y verlo alejarse solemne hacia los abismos, donde un corazón misterioso se esconde a la vista del mundo.

Algún día, un arpón lo sacará de ahí, mientras con la espalda arqueada habrá subido a la superficie para pagar su deuda con la aire, la realidad, la ley.

Pero, por ahora, ahí está, con una salud espléndida, incluso elegante con su uniforme de la Western Railway, haciendo que Lilith le repita el geométrico plan mediante el cual arrebataremos de las garras de la justicia a la ladrona de caballos que nos engendró.

Lo que más me gusta es el asunto de la dinamita.

Dice.

El final tampoco está mal. Estéticamente, quiero decir, tiene su brillantez.

El final, según las notas de Lilith, es nuestra madre corriendo hacia el sur escoltada por cinco empleados de Samuel, mientras cada uno de nosotros deja pistas en una dirección diferente, huyendo durante días hasta perdernos en la nada entre los pliegues de los Estados Unidos de América.

¿Duermes aquí?, pregunta Joshua.

Es una forma de decirle que tiene que pensárselo.

Pasarán tres días así, sin hablarse gran cosa, mientras Joshua espera algo, navegando por sus abismos azules, pero también presentándose cada día con sorprendente puntualidad en su oficina de telegrafista, donde se gana la dignidad de una vida modesta, es decir, una recompensa por la que no siente el más mínimo interés. No obstante, forma parte de su peligrosidad el saber camuflarse en la maleza de la miseria humana.

La tarde del cuarto día se tumba con Lilith en la hierba, bajo el cielo de marzo. Le dice Ahora intenta visualizar, hermanita. No me importa si repasas el plan, o algo semejante, quiero que veas lo que va a pasar, como tú sabes hacerlo. Lo sé, no puedes verlo todo, pero algo sí.

Ya lo he dicho, Lilith cultiva el espinoso arte de leer el futuro. La segunda vista, la llaman.

Hace un uso clemente y comedido de ella.

Nunca para sí misma, por otra parte.

Así que es difícil decir si, de alguna manera, lo había intentado respecto al asunto ese de la ejecución.

Pero Joshua le pide que lo haga, le pide que vea, en la medida de lo posible, lo que nos ocurrirá ese día. Se lo puede pedir porque Lilith y él, desde siempre, han compartido un tiempo líquido en el que creen y del que infieren un mundo propio. Es una zona fronteriza en la que la realidad sufre extrañas sacudidas, o tiene varias dimensiones. Lilith se percata de que Joshua ha notado algo, como un sonido roto, en todo ese asunto, y ahora le gustaría que ella le explicara qué es. Se fía de él: si ha notado algo extraño, es que algo hay. Así que va a ver.

Nunca he entendido muy bien si ese tipo de mirada le provoca dolor, o pena, o cansancio. Las pocas veces que miró para mí me parecía un gesto natural, como cuando yo desenfundo y disparo. Una cuestión de velocidad mezclada con precisión. Pero aquella vez le llevó su tiempo, y al final Joshua tuvo que estrecharla entre sus brazos para conseguir que dejara de temblar.

Había visto algo, y comprendido que uno de nosotros no saldría vivo de allí.

Puedo equivocarme, le dijo a Joshua. Es todo muy confuso.

Luego dijo con gran claridad:

Nuestra madre estaba a salvo, en una luz fortísima.

A la mañana siguiente Joshua regresó puntual a su puesto de telegrafista y, que yo sepa, durante mucho tiempo consiguió navegar por el azul sin que nadie, desde la costa, pudiera albergar siquiera la menor duda de que bajo la piel plateada del mar un monstruo marino estaba consumiendo sus últimos minutos antes de salir a la superficie para morder el aire que necesitaba para no morir.

EMPEZÓ DICIENDO ENTONCES

Empezó diciendo entonces, el doctor Wood, que en cuanto salió de la universidad se fue a trabajar al ejército.

Tenía yo cierta idea en la cabeza que ahora no tiene sentido recordar, añadió para explicar, pero sin hacerlo. Baste con saber que me habían hecho estudiar para convertirme en un brillante médico en Boston, Massachusetts, pero evidentemente no era ese mi plan. Así que elegí el ejército, que en aquella época significaba acabar en el Oeste, lo quisiera uno o no. Me veo primero en Fort Snelling, luego en Fort Wallace y, al final, justo en el culo de la Frontera, en Fort Hall. ¿Me sigues?

Sí, señor.

Era médico en el ejército, resumió.

Luego explicó que había empezado a cultivar su pasión por las enfermedades mentales había empezado a cultivarla precisamente allí, en la observación cotidiana y repetitiva de las anomalías conductuales de los soldados y, en particular, de los oficiales y, con fulminante evidencia, en los de más alto rango: no consideró necesario explicar la obviedad del tema. En la universidad apenas había oído hablar del asunto, dijo, no curábamos la locura. Descuartizábamos cuerpos y nos metíamos por debajo de la piel para ver lo invisible. Pero lo que era realmente invisible, como descubrí más tarde, no se encontraba allí.

En ese momento hizo un gesto en el aire, como señalando un lugar cuya exacta localización en el espacio y, tal vez, también en la imaginación, sin embargo, se había perdido.

En cualquier caso, dijo.

No se hacía nada durante semanas, luego salían para alguna misión y a su regreso el hospital se llenaba. Así durante meses. Un día van a hacer una limpieza a algún poblado dakota en el Snake River, y cuando regresan hay tres niños con ellos. Blancos. Dos chiquillos y una niña. Secuestrados quién sabe cuándo, quién sabe dónde. La niña era Hallelujah.

Es decir, dejó la frase en suspenso. La que ahora es ella.

Me miró para comprobar si había entendido lo que había que entender. Como lo miraba sin pestañear siquiera, se tranquilizó.

Al mirarlos resultaba extraño. Eran blancos, pero dakotas. Había en ellos algo salvaje. Los soldados los trataban con incertidumbre, dándole vueltas en la cabeza a la pregunta de si aquellos a los que llevaban a casa de regreso eran hijos perdidos o bestias irrecuperables. Me los trajeron, esperaban de mí la respuesta.

Me daban demasiada pena, ni siquiera los toqué. Hice que pasaran primero los dos varones. Pensaba en el miedo que debían de haber sentido, el día en que había sucedido todo. ¿Qué puede pasarte que sea peor que ver muertos a tus padres y que luego se te lleven a un mundo que no tiene ninguna forma de orden conocida por ti, ni de dulzura o de calor? ¿Se le puede privar a alguien de un modo más repentino, feroz e insensato de todo lo que con esfuerzo e infinita entrega se ha construido cada día para que tú tuvieras un *hogar*? ¿Existe algo más aterrador en el mundo? Cuando eres un *niño*.

Así que me encontré llorando delante de esos dos chiquillos. Absurdo.

Lo único que conseguí llevar a cabo fue intentar ver si recordaban algo de su vida anterior. Nuestra lengua, aunque solo fuera eso. Los dos chiquillos eran hermanos. Empezaron a decir algo. Lentamente nos pusimos a hablar. Les dije que todo había terminado y que ahora ya no tendrían que sufrir más. Me miraban sin parecer demasiado convencidos. Sabían tan bien como yo que les habíamos vuelto a despojar una vez más de un padre, de una madre, de un hogar. Era todo una locura.

Wood se pasó la manga sobre los ojos, me percaté de que buscaba por ahí algo parecido a un pañuelo, una cosa de tela con la que sonarse la nariz. Se había emocionado, solo con recordar. Tenía todo el derecho a hacerlo. Empezó a toser de mala manera, me levanté para buscarle algo, pero sobre todo para dejarlo toser en paz. Aparte de que a mí también me costaba aceptar aquella historia de los tres niños. Y, además, Hallelujah. Casi me arrepentí de haber ido hasta allí a buscarla, si ahora esa era la manera de encontrarla. Volví junto a Wood con una especie de trapo en la mano, ni siquiera parecía demasiado sucio. Se lo pasó por la cara. Lo mantuvo apretado entre los dedos.

La niña entró cuando a mí solo me quedaban unas atroces ganas de whisky, prosiguió. La senté delante de mí y me quedé un buen rato mirándola, sin decir nada. Sentía toda aquella pena que seguía creciendo en mí, y que seguiría creciéndome para siempre. En aquel momento, ya no me quedaba ni una sola palabra que decir, ni un gesto que hacer. La niña se quedó un buen rato mirándome, la espalda erguida, la mirada clavada en mí. Llevaba el pelo recogido en dos trenzas extrañas, y unas marcas de color sobre la piel. Dijo una pequeña frase, en un perfecto inglés.

¿Por qué coño estás llorando, doctor?

Wood sonrió. Yo también lo hice.

Bueno, en fin, ya la conoces. Era ella realmente, dijo.

Hicieron sus pesquisas y descubrieron que procedía de una caravana que había tenido un mal final, ni siquiera era seguro que los dakotas los hubieran atacado, lo más probable era que simplemente se hubieran perdido y ya está. Los guerreros los encontraron allí, en las últimas, y se lo llevaron todo, abandonándolos a su suerte. No es que Hallelujah hable de ello de buena gana, pero, la única vez en que me contó algo, me entró la duda de si no habría sido ella la que quiso marcharse con ellos, en vez de palmarla de sed, allí bajo el sol. No lo sé. Siempre puedes preguntárselo tú, si tienes cojones para hacerlo. En cualquier caso, buscaron de todos los modos posibles, pero de su familia ya no había ni rastro. A los dos chiquillos los colocaron enseguida, tenían un tío que nunca había dejado de buscarlos. Pero a la niña no acudió a reclamarla nadie. Tal vez, en el este, habrían encontrado a alguien, pero en ese momento dije algo extraño, lo más extraño que he dicho en mi vida.

Si no hay nadie más, a la niña me la quedo yo.

No había nadie más.

Y aquí me tienes.

¿Preguntas?

Tenía un montón. Pero le formulé una rarísima.

¿Está usted casado?

Wood me miró con cierto cansancio.

Chico, yo curo a los locos, sé lo que tienes en la cabeza incluso antes de que tú lo sepas. Quieres saber si me acuesto con ella, ¿verdad?

Lo increíble es que era exactamente lo que yo quería saber, en efecto. No es que me hubiera dado cuenta, pero, ahora que me lo había aclarado, bueno, sí, la pregunta era esa. Era increíble cómo le había dado la vuelta. Me había engañado hasta a mí mismo. Pero a los médicos de los locos no se los engaña fácilmente.

No, no me acuesto con ella. Tal vez lo pensé un par de veces, hace años, pero para entonces se había convertido como en una hija, habría sido una lástima estropearlo todo.

En efecto.

Dije exactamente «en efecto».

Como si yo supiera algo de eso, de asuntos como aquel.

En cambio sabía otras cosas, por ejemplo cómo ese mundo cercano a nosotros, pero casi invisible, siempre oculto, a menudo incomprensible, al principio lo habíamos liquidado como una mera variante del vivir animal, solo un poco más articulado, cuando en realidad ya nos estaba invadiendo, del modo en que nos puede invadir un recuerdo, o una creencia, o un instinto. Había en ellos un infinito que nosotros no teníamos, porque nosotros estábamos ocupados en poseer la tierra. Luego nos tocó descubrir lo imposible que era resguardar nuestras existencias de esa mirada sin límites, y por enésima vez yo estaba descubriendo la prueba en aquel momento, mientras tomaba nota de cómo la única mujer en el mundo a la que realmente había amado era medio dakota, o al menos un poco, o en todo caso en los lugares realmente importantes del corazón. Resultaba fácil entender, ahora, por qué precisamente ella, y por qué solo ella para siempre.

Para compensar, detesto a todos los que de verdad se acuestan con Hallelujah, dijo Wood.

Puedo entenderlo, señor.

Así que a ti también.

Claro.

Espero que no te moleste.

En absoluto. No estoy acostumbrado a gustarle a la gente. Me dedico a ser pistolero.

Sí, Hallelujah me lo dijo. A la gente no le gustan especialmente los pistoleros, ¿verdad?

No, no especialmente.

A Hallelujah tampoco le gustan mucho.

No, en efecto.

Digamos más bien que los detesta.

Digámoslo así.

Pues ¿entonces?

¿Entonces qué, señor?

¿Se está burlando de ti o hay algo que a mí se me escapa?

No contesté, quizá no había entendido bien la pregunta.

Wood se inclinó un poco hacia mí.

Quiero decir, ¿has visto ya si va en serio o es todo una gran farsa?

Entonces lo miré como si el médico de los locos fuera yo. Había entendido la pregunta y conocía la respuesta.

No tiene sentido hacerse semejante pregunta, señor, como tampoco lo tiene intentar saber si Hallelujah es buena, o lista, o ambas cosas, o si tan solo está loca. Lo he pensado mucho tiempo. La cuestión es que ella es *infinita*, señor.

Wood se volvió para mirarme, sorprendido. Durante unos instantes pareció recolocar toda una serie de cosas en su cabeza. Al final de algún cálculo secreto, tuvo que concluir que yo me merecía alguna indiscreción más. Así que me contó que Hallelujah, según se descubrió más tarde, había vivido entre los dakotas durante tres años. Me explicó que, a diferencia de muchos otros niños a los que les había correspondido un destino similar, ella no mostró ningún problema en volver a la disciplina y a la moral de los blancos. Se convirtió rápidamente en una chiquilla como tantas, solo que tremendamente más lista. A la gente le resultaba normal creer que era mi hija, dijo, y con el tiempo nadie se acordó ya de aquella historia. Ella no hablaba nunca de ello. Yo tampoco. O mejor dicho, tuve ocasión de contar la historia un par de veces, en situaciones especiales, pero la verdad, si realmente quieres saberla, es que la gente nunca me cree. Todos piensan que me divierto inventando, no sé por qué razón. Para ocultar algo. Para hacerme el interesante.

Levantó su mirada hacia mí. Creo que esta vez estaba comprobando cómo iba la cosa. Se dio cuenta de algo, volvió a mirarse las manos y durante un rato se limitó a respirar, como si de repente se hubiera convertido en algo muy valioso.

Luego me preguntó cómo me llamaba.

Abel Crow, señor.

Vale. Bien, me toca darte las gracias, Abel Crow. Verás, yo he vivido once años, casi todos los días, con Hallelujah. No importa lo que la gente piense, no importa lo que ella haga creer al mundo. La he visto vivir tanto tiempo, tan de cerca, que algo sé: Hallelujah es una mujer blanca que viaja de la mano de una chiquilla dakota. Le es fiel, le debe la vida, seguirá llevándola con ella siempre. Eso le da un matiz peligroso e irresistible que durante mucho tiempo me esforcé en comprender y en nombrar, pero que ahora, escuchándote, de repente me ha parecido comprender por fin, y fijar sobre la superficie de mi mente, de donde ningún viento podrá ya barrerlo. Pensaba que se trataba solo de una forma de libertad con la que nunca me había topado. Pero tienes razón tú, pistolero, es algo más.

Tenía los ojos húmedos, se había emocionado de nuevo.

Creo que tiene algo que ver con «el ser infinitos», dijo.

Luego no dijo nada más, durante tanto tiempo que, en un momento dado, todo me pareció muy idiota, la cama, él bajo las mantas, yo sentado en aquella silla, su tos y el río que corría lento en el exterior.

Ese nombre absurdo, Hallelujah, ¿se lo puso usted?, pregunté.

Significa «Alabad al Señor», dijo.

ASÍ QUE AHORA EN LA NOCHE ALREDEDOR DE YUBA

Así que ahora, en la noche alrededor de Yuba, al abrigo de una cresta rocosa, estamos de nuevo nosotros, en los resplandores del vivac, todos menos Isaac, que se nos escapó hace mucho tiempo. Dentro de unas horas, con las primeras luces del amanecer, desencadenaremos el infierno en una pequeña ciudad idiota que nunca antes hemos visto. Lo haremos para arrancar a nuestra madre del cadalso. Luego desapareceremos, como un mal sueño por la mañana.

Mientras tanto, nos miramos, espiamos, buscamos; nos habríamos perdido unos a otros y Lilith nos ha vuelto a reunir. Hablamos poco, para no desperdiciar nada. Atormentamos las brasas con largos palos, nos gusta el ruido y el chisporroteo. Lilith sostiene entre los brazos a Joshua, que parece feliz. Yo estoy pensando que nos estamos situando todos al otro lado de la ley, y lo hacemos con una inexplicable ligereza. David el Pastor. Samuel y sus minas. Lilith, que ve el futuro. Joshua con su uniforme de los ferrocarriles. ¿Qué imaginan que quedará, mañana por la noche, de su vida? Tal vez no sea un problema desaparecer durante unos días y luego volver a vestir sus ropas de costumbre, sonriendo alrededor y floreciendo en el olvido. Pero podría acabar de manera muy distinta. Quizá nos persigan hasta los acantilados más remotos, durante años, hombres sin flaquezas, y más metódicos que nosotros.

Ni siquiera saben quiénes somos, le quita importancia Samuel. El Oeste es grande, añade.

Mantened los pañuelos bien subidos sobre la cara, dice Lilith.

Los hermanos Crow nunca existieron, excepto para nosotros, concluye Joshua.

En cuanto a mí, Abel, que he sido la ley allí adondequiera que haya llevado mis pistolas, ahora me deslizo al otro lado sin oponer resistencia, pues siempre he sabido que la frontera era lábil, y toda distinción, provisional. Tarde o temprano tenía que ocurrir. Puede parecer curioso que haya ocurrido justo ahora, cuando todo había terminado ya y yo simplemente estaba escurriéndome hacia el sur, caminando mi vida al revés. Pero así son las cosas, no hay un antes y un después, en los acontecimientos: solo hay un único aliento difícil de interpretar.

¿Es verdad que has dejado de disparar?, me pregunta Samuel.

Sí.

¿Se lo has dicho al Maestro?

Fue él quien me lo dijo a mí.

Ah.

¿Y qué vas a hacer mañana, dejarlos fuera de combate con tus cháchara?, pregunta Joshua.

Como todos nos reímos con ganas, entonces Lilith suelta alguna blasfemia y luego se pone a repasar el plan en voz alta, para que se nos meta bien en la cabeza.

Menudo delirio, comenta al final.

Escasas probabilidades de éxito. David.

Numerosas probabilidades de montar una buena. Samuel.

Pero, en cambio, todo irá como la seda. Lilith.

¿Cómo lo sabes?, le pregunto, esperando que me diga «Lo sé, y punto».

Lo sé, y punto, dice.

Me encanta cuando hace eso. La observo, viendo qué mujer consiguió sacar de la niña que era –imagino que trabajó con llenos y vacíos, sobre todo del alma–, un ejercicio de paciencia. Cada uno de nosotros hizo uno parecido, creo, porque teníamos la dote de la juventud y había que extraer de ella el perfil de lo que éramos *realmente*. Miro a Samuel, solemne, macizo, lento, y cómo va encadenando palabras contándolas una a una, como si fueran monedas. Miro a Joshua, los ojos hundidos, el cuerpo fuerte y enjuto, las heridas, la risa sin vergüenza, el pelo al cero y las manos que tiemblan. Miro a David, fuerte y guapo, un padre para cualquier hijo, un compañero de camino para cualquier peregrino. Me miro a mí, la piel quemada por el sol y la ropa llena de polvo. Entonces pienso en cómo hemos desenterrado, cavando con nuestras manos en las dunas del tiempo, lo que de nosotros era *inevitable*. Lo separamos de lo que solo era juventud, esbozo, digresión, retraso, imperfección. Todo «accidentes», habría dicho Aristóteles. Él fue uno de los primeros en imaginar lo que de último reside en cada cosa real, por tanto también en nosotros: algo indivisible y perfecto, un punto de necesidad absoluta. En lo que fue más sofisticado que los demás fue en llamar a ese punto «sustancia» –una palabra que no existía–, admitiendo de algún modo que ese punto no existía como pueden existir una manzana, o los truenos, o una mano, sino que existía como movimiento mental, es decir, era un lugar que no se podía tocar, pero que se podía *pensar*. Así que organizó el mundo entero –salvándolo del caos– en torno a la fragilidad de un pensamiento. Algo por lo que nunca cesaremos, decía el Maestro, de darle las gracias y maldecirlo.

En cualquier caso, yo quería decir que todos hemos trabajado bien, si nos miro en esta noche alrededor de Yuba, a la luz de un fuego. Todos, en la palma de la mano, sentimos el laberinto.

Solo Isaac se quedó como esbozo, un gesto inacabado. Probablemente lo fuera desde siempre, era como si cada minuto de su vida se hubiera quedado a medias, incapaz de madurar. Era un niño que estaba envejeciendo cuando la fiebre se lo llevó. Todos pensamos que nuestra madre debería habérselo llevado con ella el día que se marchó. Siempre nos lo decíamos. Era un cachorro ciego, ¿cómo se le ocurrió dejárnoslo a nosotros? ¿Qué clase de madre era? Es una de las cosas por las que tendemos a percibirla como un enigma doloroso. Tal vez solo Lilith tiene por ella un sentimiento limpio, lineal, y de hecho ahora es la única que ha tenido el valor de recordar a Isaac, preguntándose si lo habríamos traído con nosotros en el caso de que hubiera seguido con vida. *Siempre* lo llevábamos con nosotros, dice Joshua, lo habríamos traído esta vez también, era nuestro amuleto. A duras penas se habría dado cuenta del follón que se habría montado a su alrededor, digo yo. Nunca se supo de qué se enteraba realmente y de qué no. Bueno, apuesto a que la explosión la habría notado, dice Lilith. Pues sí, puedo verlo riéndose a carcajadas mientras todo vuela alrededor y sobre su cabeza. Pedazos de altar, biblias, campanas.

¿Tú crees que saltarán por los aires también las campanas?

Qué quieres que te diga, es la primera vez que hago saltar por los aires una iglesia.

No hay campanas, solo hay una, y pequeña, además, dice David.

¿Cómo de pequeña?

Pequeña.

Ya verás, esa saldrá volando hasta el patíbulo.

Ya.

¿Qué tal te fue con el pastor?

Nada, es una buena persona. No se merece que le hagamos saltar por los aires todo.

El pastor de una ciudad especializada en ahorcamientos quizá debería formularse un par de preguntas acerca de su rebaño.

En efecto, se las formula.

¿También tiene respuestas?

«Hágase la voluntad de Dios.»

Ah, bueno, entonces...

Ahora ya puedo decir que, en realidad, la campana no salió volando a ninguna parte. Habría sido hermoso que lo hubiera hecho, pero, por lo que pude ver, cayó al suelo como una piedra, sin ninguna poesía, como una piedra. Todo el resto salió disparado hacia el cielo, rebotando por todas partes, pero la campana no lo hizo. Hay que tener cuidado con las campanas. No tienen sentido del espectáculo. El estruendo, en cambio, fue realmente impresionante, no hay nada que objetar al respecto; Samuel se empleó a fondo con la dinamita. Reinaba un bonito silencio litúrgico, como en las grandes ocasiones, y un instante después la onda expansiva de un ruido denso y abrasador te había vuelto loco. Hay cosas que, para entenderlas, es necesario experimentarlas. Demencial. En cualquier caso, algo en lo que no habíamos pensado era en que la mitad de la gente, quizá más, se tiraría al suelo. Es cierto que muchos se quedaron allí, con los ojos como platos y la boca abierta, presas de un hechizo, exactamente como había previsto Lilith. Pero bastantes se esparcieron por el suelo, con las manos sobre la cabeza, y la idea de salvar el pellejo, como fuera. Mejor así, pensé, mientras galopaba por la Main Street y levantaba lentamente el cañón de mi Winchester 66. En cierto sentido, percibía el campo de visión más limpio, con toda aquella gente en el suelo; más terso. Apunté, sentí una vibración, apreté dos veces el gatillo y los dos del Gatling rebotaron hacia atrás, con un buen agujero entre los ojos.

Disparo mejor aún desde que ya no disparo.

A Lilith le prometí tres tiros. El tercero era el más difícil, y para ejecutarlo con alguna esperanza de éxito tenía que acercarme todo lo posible al cadalso. Ya lo he dicho, había mucha gente en el suelo, y eso en cierto modo facilitaba la cuestión. Pero también podía sentir cómo se escurrían los pocos segundos que nos quedaban aún antes de que alguien recuperara el sentido de la realidad y se diera cuenta de que los estábamos jodiendo a lo grande. Apenas nos quedaba tiempo para tomar aire, quizá un poco más. Detuve el caballo a unos diez metros del patíbulo. Vi a los dos vigilantes allí arriba, desinflándose y desmoronándose contra el suelo. Los cuchillos de Joshua. Esa era su diversión desde pequeño. Tú dale un cuchillo y a veinte metros a su alrededor ya nadie está a salvo. Así que solo quedaba de pie allí arriba el verdugo. Bueno, el verdugo y los tres condenados. Mi madre estaba justo en el centro. Levanté el cañón del rifle. Apunté con mucho cuidado. Ella me miraba, tranquila, inescrutable. Hacía años que no la veía. Quizá no haya nada como la cara de tu madre cuando ya no es la cara de tu madre desde hace mucho tiempo. Nos miramos a los ojos, de eso estoy seguro. Me gustaría ser uno de esos a los que el Maestro leía para ser capaz de contar lo que pasó por mi cabeza en ese momento. Lo que sentí en mis huevos, y en mi espina dorsal. Pero verás, Hallelujah, las palabras las descubrí tarde, mucho después de las pistolas. Así que experimenté cosas mucho más sutiles y complejas que los nombres que tengo a mi alcance para decirlas. Hasta David, o Lilith, por no mencionar a Joshua, hablan mejor que yo. Yo parezco el clásico pistolero de los cojones, pero, verás –y es esto lo que quizá quería yo explicarle a tu padre, que en el fondo tampoco es tu padre–, yo nunca he sido un jodido pistolero, ni siquiera cuando era un jodido pistolero, y solo una persona, al fin y al cabo, solo una, puedo decir que se diera cuenta: y esa eres tú. Si no, es evidente, no habrías malgastado ni una hora conmigo, tú odiabas a los pistoleros y, en general, a todos los hombres: pero cuando me viste te paraste y me quisiste. Lo hiciste con mucha simplicidad, sin tener miedo nunca. Por eso ahora me gustaría explicártelo a ti, de alguna manera, lo que supuso cruzarme con los ojos de mi madre, delante de aquel patíbulo, mientras, con la cabeza echada atrás, ponía en mi punto de mira la cuerda que habían trenzado para partirle el cuello limpiamente y hacerle pagar la cuenta. Pero ni siquiera sé por dónde empezar. ¿Me creerías si te digo que de repente sentí una paz infinita? Medio puesto de pie en los estribos, a diez metros del cadalso, rodeado de gente que apenas había reparado en mí, sentí que estaba de nuevo en un claro donde había sido delicioso vivir mucho tiempo atrás. Yo ya he estado aquí antes, pensé. Tal vez, de niño, uno no hace más que renunciar a su propia vida para salvar la de su madre. Se acostumbra uno a ese hábitat ruinoso, hasta que acaba siendo *dulce*. Me pregunto si no será eso. Aunque la verdad es que no tengo tiempo para comprenderlo. Respiro, luego siento una vibración, y disparo. La cuerda se deshilacha en seco, y vuela por el aire. Instintivamente, dedico un pensamiento de gratitud al Maestro. Mi madre es libre. Tiro de las riendas, giro el caballo, he terminado. Me da tiempo de intuir de reojo a Lilith, dos caballos, mi madre que salta del patíbulo abajo, tal vez a David disparando a alguien. Pico espuelas en el vientre de mi animal, luego algo invisible me destroza el hombro, haciéndome girar sobre mí mismo. Mientras caigo del caballo, repaso el índice de las imágenes que me han pasado por la retina, siguiendo un instinto típico del pistolero, y al final localizo en la memoria una sombra sobre un tejado que se mueve con una calma singular. Sé que es él, y cuando toco el suelo ya tengo el rifle alineándose con un rastro invisible que lleva hasta su corazón. Siento una vibración, pero no disparo porque un fuego me abre el pecho y me arranca el alma del cuerpo. Joder, qué rápido. Y la precisión. *Chapeau.* A saber quién será, y por qué está tan concentrado. ¿Querrás ir a buscarlo algún día, Hallelujah, y saludarlo de mi parte? Déjale mis pistolas, si no te parece una verdadera mierda, si te parece joven y amable. Lo haría yo, pero me estoy marchando. No habrá ningún desierto que me salve, esta vez, y el río ha decidido rápidamente, sin esperar a mi canoa. Se aproximan las dos mujeres con los cubos en la mano, depositarán mi cuerpo sobre una mesa de madera, llevo años esperando este momento de dulzura. Lavad bien el dolor, todos los miedos y lo que queda de mis errores. Es tiempo ahora de ser ligeros, y de estar limpios. ¿Quieres acompañarme solo un rato, Hallelujah, amor mío? No me dejes cruzar el umbral solo, necesito una pizca de libertad y de valor. Luego te dejaré marchar, te lo prometo, siempre lo he hecho. Muero porque he sido capaz de nacer. Si te encuentras con una bruja con una herida en el pecho, díselo. Abro las manos, no quiero marcharme empuñando las armas. Abro los ojos, quiero verte una última vez.

LLEGÓ ESE HOMBRE UN ANCIANO

Llegó ese hombre, un anciano con espuelas de oro. Estábamos al principio de todo. Dijo que había venido a ver a mi madre. Había cruzado la gran distancia para hacerlo.

Pero por la noche no tenía nada más que decir a los adultos, y se quedó con nosotros, los niños, en los establos. Para esperar un veredicto, o para asimilar una decepción.

Sabía hacer un par de trucos de magia, con eso nos conquistó. Luego parecía que le interesaba fumar y nada más, así que lo dejamos en paz. Pero, en cambio, al final le apetecía hablar. Nos hizo preguntas, muchas eran sobre caballos, parecía saber mucho sobre ese tema. Así que al cabo de un rato éramos nosotros los que le preguntábamos a él. Le gustaba responder, y en un momento dado se hizo un extraño silencio a su alrededor, porque había apagado el cigarrillo y se había inclinado un poco hacia nosotros, como si tuviera algo especialmente importante que decirnos. Eso especialmente importante que tenía que decirnos era que un hombre puede cambiar de caballo mil veces, pero nunca de silla; y, para que lo entendiéramos, nos mostró la suya. No se parecía a nada que hubiéramos visto antes. Cuero y plata, tejido rojo sangre y negro pez, un fuste de cálida caoba, costuras, bajorrelieves, grabados: pendía arrastrada por los adornos, por las anillas, por las tachuelas, por las correas y por la voluntad de un dios. No era una silla, era un altar. Se enarbolaba en el pomo, pero, mientras ya danzaba en la suave curvatura del asiento hacia el borrén, era al caer cuando desplegaba toda su magnificencia, hasta el extremo solemne de los estribos, anchos, ornamentados.

Llevamos todas las llamas que teníamos, para verla resplandecer más. No era una buena idea, en medio de todo aquel heno seco, pero el hombre dijo que el fuego estaba con nosotros, no debíamos temerlo. Y nos indicó un detalle en la montura: una llama bordada en plata. Con nosotros están las estrellas, añadió, las fuerzas del mar, el canto de los primeros hombres y el espíritu del lobo. Y todo lo fue indicando con el dedo, allí donde el cuero se cuarteaba en las marcas de los bordados dibujados y vagamente arcanos. Decía que nadie sabía cuántas historias contenía aquella silla, ni siquiera él, pero que tal vez fuera ese precisamente el sentido del largo caminar en la vida, descubrir cuántas historias andan con nosotros. Así que él llevaba años avanzando en esa especie de viaje, y el hecho de haberlo iniciado tanto tiempo antes le permitía ver muchas más historias de las que podíamos ver nosotros, que éramos niños, o de las que podía haber visto él cuando, siendo todavía un chico, había recibido la silla como regalo de su abuelo el día que, al llegar a su última hora, el anciano hizo que le llevaran la silla junto a su lecho de muerte para tener delante de sus ojos el mundo y poder regalársela a su nieto con una recomendación: que no tuviera prisa, porque la silla había sido construida en el tiempo de toda una vida y al menos necesitaba ese mismo tiempo para ser leída, como esperaba que yo, dijo el hombre, tendría la oportunidad de descubrir en el curso de una vida que, esperaba, me encargaría de procurar que fuera larga, nómada y feliz.

El hombre se inclinó sobre la ación y leyó allí una larga secuencia de nombres, de sonidos blancos, explicándonos que así se llamaban los profetas, en la memoria de la Biblia. Luego le dio la vuelta, dejando caer el estribo al otro lado del asiento, y en la parte oculta del cuero leyó en una cantinela los nombres secretos de los setenta y dos Ángeles Custodios y los peligrosos de los tres Ángeles de la Muerte. Cogió de nuevo el estribo y, aferrándolo en la mano, nos pidió que nos acercáramos para que pudiéramos ver bien la Caída de Tenochtitlán, historiada en plata y cobre por el mismo artista que en el otro estribo había recamado el terremoto de Lisboa de 1755. Como si nos estuviera mostrando un collar de perlas, deslizó sobre la palma de la mano la correa de cuero de la cincha, contando uno a uno los agujeros porque, según nos explicó, representaban los nueve afluentes principales del Río Grande. El último estaba bordeado por un adorno en rojo, y eso porque representaba el río Conchos, que en su discurrir por el desierto regaba los ilimitados campos donde crecía la particular especie de agave de la que procedía toda la luminosa fibra con la que se había decorado la silla. Muchas veces se ha pensado, dijo el hombre, que estaba formada por un único hilo ininterrumpido, y mucho se ha fabulado acerca de su longitud, sin certezas, pero con infinito respeto, llegando a la convicción de que en ella se replica la longitud exacta de la subida al Gólgota, dijo persignándose tres veces. A ambos lados de la montura, en efecto, casi no se veía el color del cuero, tan densa era la decoración, y el asunto pareció adquirir un significado definitivo cuando el hombre nos reveló que, por mucho que pareciera un inocuo diseño ornamental, aquella densa red de signos era en realidad un texto escrito en una grafía maya no siempre descifrable, aclaró, pero que en amplias zonas podía llevarse hasta un preciso significado. Así sabemos, por ejemplo, que aquí se explica la historia de Betsabé, dijo posando la palma de la mano sobre un punto concreto; y moviéndose alrededor, con gesto de alfarero, fue acariciando una tras otra las zonas de escritura donde había brotado un significado a los ojos de quien lo había estudiado, revelando poco a poco una voz de cuero y agave que relataba muchas cosas. Pasó la mano sobre la erupción de Santorini que tres mil años antes había sumergido la Atlántida, luego sobre tres páginas prohibidas del *Bestiaire* de Pierre de Beauvais y, por último, sobre un soneto de Juan Boscán dedicado a los celos. El hombre parecía describir lentamente lo que su palma inspeccionaba, como si sintiera algún latido, o la vibración de una voz. No cambiaba el tono –ya hablara de los anillos de Saturno o de las naves vikingas que por primera vez arribaron a nuestra tierra– porque cada relato, comprendimos, no era más que un capítulo de una larga saga de la que, al parecer, formábamos parte. Girando alrededor de la silla como si fuera un globo terráqueo, habló largo rato, acercándose de vez en cuando para recordar minúsculos detalles y, en algunas partes, cerrando los ojos para ver mejor. Acabamos en las montañas del Atlas, delante del cabo de Hornos y por los pasillos de Versalles. De las muchas enumeraciones que transmitía la silla, le gustó recordar las tres batallas con las que Alejandro había conquistado Persia y las fechas de las dos destrucciones del templo de Jerusalén. En un lado de la horquilla había una pequeña espiga de oro y en el otro un sarmiento de plata: quiso que los viéramos de cerca. Con la misma atención nos señaló el plano de la torre de Babel, el perfil de los tres volcanes más altos del mundo y la ruta hacia la isla de Thule, tal como la habían trazado los pueblos del sur. No parecía tener prisa, ni la sospecha de que habríamos podido asustarnos. No sé el porqué, pero puedo contar una a una todas las historias que nos narró y repetir todos los gestos que hizo. El último fue murmurar un largo nombre de mujer, apenas impreso en el cuero, en el borde del arzón, y acariciarlo. En el silencio que siguió, sonrió a las llamas que llevábamos en la mano, a nuestros ojos abiertos como platos y a nuestra edad sin culpas. Luego preguntó quién quería subir. La silla de montar estaba colocada a horcajadas sobre la valla, colgaba casi hasta el suelo. Nos preguntó quién quería subir. Todos se volvieron hacia mí, porque era el mayor. Entonces el hombre me cogió por debajo de los brazos y como si no pesara nada me levantó en el aire y me depositó suavemente sobre el arzón, pequeñísimo yo, monumental la silla. Apreté con el interior de las rodillas para no caerme; los estribos quedaban demasiado lejos de mis pies para servir de algo. ¿Cómo te llamas?, me preguntó el hombre. Abel. Abel, repitió. No serás tan tonto como el de la Biblia, ¿verdad? No, no señor. Eso espero, muchacho. ¿Sabes qué trabajo hacía Abel? No, no señor. Ganadero. Bestias, pastos. ¿Me sigues? Sí, sí señor. ¿Y sabes cuál hacía su hermano Caín? No, no señor. Bueno, pues yo te lo digo. Campesino. Trabajaba de campesino. Con sus tierras, su arado y todas esas mierdas. Asentí con la cabeza. Ahora, dijo el hombre, ¿a ti te parece que el campesino gilipollas puede matar de verdad a un ganadero, de ese modo, sin pensárselo siquiera demasiado? Como yo no tenía respuesta, el hombre negó con la cabeza y luego decidió encenderse un cigarrillo. Dio una gran y profunda calada. A veces la Biblia es incomprensible, concluyó. Luego me señaló el pomo de la silla y me preguntó: ¿Qué ves? Estaba completamente recubierto con hermosos adornos de plata. Flores, dije. Él asintió, luego cogió mi mano izquierda y la apoyó sobre el pomo. Ahora cierra los ojos, dijo. Los cerré. Colocó su mano sobre la mía, presionándola suavemente sobre el damasquinado de plata que cubría por completo la cabeza de cuero. Aún no puedes saberlo, pero lo que sientes en la mano es un laberinto, me dijo. Cuando uno es joven, apenas intuye su diseño, con suerte se da cuenta de que es el trazado de un laberinto y no un adorno floral. La plata parece arañar, y en la piel deja una huella fría y afilada. Pero hay una edad, para todos, en la que la palma de la mano siente –nítido– el trazado del laberinto, lo siente con tal precisión que, llegado el caso, si quedáramos atrapados en su corazón, sabríamos salir de él gracias a la información que apretamos en el puño. Sabrás, entonces, que esa es tu edad de oro. De viejos, la mayoría de las veces, se vuelve a sentir el dibujo de las flores, en la incurable imposibilidad de volver a encontrar el laberinto. Sería para lamentarse si no fuera porque, como una parcial recompensa del destino, en las palmas de las manos de los viejos la plata se vuelve suave y cálida, hasta el punto de que acabas masticándola con la mano todo el tiempo, encontrando alivio al petulante cortejo de la muerte.

Se detuvo un momento para mirarme.

¿Has entendido algo, hombre?[1]

Asentí con la cabeza.

Muy bien. Pareces listo. Por mis cojones que esta vez tu hermano Caín no te va a joder.

Me levantó y me volvió a dejar en el suelo.

Si no hay más preguntas me tumbaré ahí a dormir, gente. Sonrió.

1. La palabra «hombre» aparece en español en el original. *(N. del T.)*

Joshua tenía por entonces cinco años. Levantó la mano.

Vaya, tenemos una pregunta, dijo el hombre. Parecía contento por ello. Dime, pequeño.

Joshua lo miró fijamente, fuerte y niño.

¿Quién eres?, preguntó.

El hombre inclinó muy levemente la cabeza, hacia la derecha, y sonrió una vez más. Se volvió hacia la silla, luego volvió a mirar a Joshua.

Soy el padre de vuestra madre, dijo. Y ahora a dormir todo el mundo.

Ninguno de nosotros se movió.

¿Y bien?

¿El padre de nuestra madre?

Esta vez la voz era mía.

¿Qué pasa, estáis sordos? El padre de vuestra madre, sí. ¿Quién creéis que la enseñó a cabalgar de esa forma?

Nos vio un poco perdidos. Dio un paso hacia nosotros, y luego se agachó, sentándose sobre los talones, para mirarnos bien, desde nuestra altura.

Okey, todo está bien, dijo.

Se veía que estaba buscando algo intacto entre las ruinas de sus muchos años.

No hay nada particularmente difícil de entender, dijo al final. La vida fluye de todos modos, no nos necesita para hacerlo. Fluye de padres a hijos, en los gestos más estúpidos y en las grandes curvas de la Historia, fluye por todas partes y en todas direcciones. Nosotros tenemos poco que ver, lo hace ella por su cuenta. Si se diera la circunstancia de que se cruzara en vuestro camino, no tengáis miedo. Echadle una mano y disfrutad del espectáculo.

Era todo lo que tenía que decir.

A la mañana siguiente lo vimos ensillar el caballo: una ceremonia. Nos preguntó si había alguna pista que fuera hacia el sur. Le dije que solo había una pista, y que iba hacia el este, hacia la primera ciudad.

Negó con la cabeza, como si el mundo hubiera desperdiciado una vez más la oportunidad de tener alguna forma de poesía.

Se marchó sin despedirse siquiera, porque a menudo los hombres que tienen las pelotas para marcharse luego no las tienen para decir gracias, o simplemente adiós.

¿No se suponía que era sobre la muerte de tu padre?, dice contrariado el doctor Wood.

Sí, señor, en efecto.

En efecto mis cojones, no había ninguna muerte de tu padre.

Lo sé. Es que no me resulta nada fácil contarla.

Ah, vale.

Le pido perdón.

Me la prometiste, muchacho.

Lo sé.

No importa.

Además, como muerte, ni siquiera es gran cosa.

No importa, la silla me ha gustado. ¿Todo sucedió de verdad?

Sí, señor. Yo tenía doce años.

Menuda historia. Me has gustado, muchacho.

Nos quedamos un rato en silencio. Miro hacia fuera por la ventana. De pronto es hora de marcharme. Nos despedimos sin una palabra, solo un vago gesto en el aire.

Tomo el camino para Tucson, es el más corto, y mientras siento que la luz del día se desliza sobre mis hombros intento pensar en aquella chiquilla dakota, para volver a colocar en su sitio toda una serie de convicciones y ciertas pequeñas sensaciones. Pero lo cierto es que en realidad no consigo quedarme ahí con mi pensamiento, me deslizo constantemente hacia otros lados. En un momento dado incluso me acuerdo de aquella puta que se acostó con Scott, acabo preguntándome si la encontraré aún en la ciudad, y si esa noche se habrá parado ahí para trabajar. Somos raros. No yo en particular, *todos* somos raros. Es mejor cabalgar, y punto, hay este silencio por todas partes y las cadenas de las montañas lo mantienen todo unido desde lejos. La luz que se desliza hacia el horizonte predica algo que no entiendo, pero mientras tanto acompaña espléndida mi andar. Sigo las huellas en el camino, soy una profecía que se cumple, escoltada por remotos vuelos de pájaros. Uno podría palmarla por la gratitud y por el consuelo. Que este momento nunca me abandone, y se convierta en parte de mí, vida contra la muerte, sangre bajo la piel.

AGRADECIMIENTOS

Muchos libros atestaron mi mesa en los años en que escribí *Abel.* No sería capaz de recordarlos todos. Pero, de alguna manera, tengo la impresión de estar en deuda con algunos de ellos. Citas, pensamientos, nombres, estímulos, energía. Los menciono aquí de buena gana, con gratitud.

P. R. Fleming y J. Luskey, *The North American Indians in Early Photographs*, Phaidon, 1988.

R. L. Wilson, *Peacemakers. Arms and Adventure in the American West*, Random House, 1992.

J. G. Neihardt, *Alce Nero parla*, Adelphi, 1968. [Ed. en esp:.: *Alce Negro habla. Historia de un sioux*, trad. de Héctor Arnau, Madrid, Capitán Swing, 2018.]

A. Celli (ed.), *Canti indiani del Nord America*, La Vita Felice, 2022.

G. M. Mollar, *Viaggio nel West misterioso*, WriteUp Books, 2022.

E. Trevi y L. Orlando (eds.), *La società dell'orso. La spiritualità degli Indiani del Nord America*, UTET, 2016.

G. Barbera, *La leggenda di Jesse James*, Stampa Alternativa, 2019.

L. Barbieri, *La legge del più forte. Storia dei pistoleri del Far West*, Odoya, 2018.

P. Jacquin, *Storia degli indiani d'America*, Mondadori, 1977.

A. Versluis, *Terra sacra. Religione e natura degli indiani d'America*, Edizioni Mediterranee, 2018.

M. Raciti, *Piombo, polvere e sangue. La violenza nella storia del West, 1848-1900*, Villaggio Maori Edizioni, 2016.

E. Comba (ed.), *Testi religiosi degli Indiani del Nordamerica*, UTET, 2001.

Calamity Jane, *Lettres à sa fille*, Payot et Rivages, 1997. [Ed. en esp.: *Cartas a la hija. 1877-1902*, trad. de Joaquín Jordá, Barcelona, Anagrama, 1982.]

A. M. Lombardi, *Keplero. Una biografia scientifica*, Codice edizioni, 2020.

E. Dattilo, *Il dio sensibile. Saggio sul panteismo*, Neri Pozza, 2021.

Quisiera añadir mi agradecimiento para Annalisa Ambrosio, que corrigió las partes de historia de la filosofía que aparecen en el libro.

ÍNDICE

Siento una vibración entonces disparo........ 11
Aquellos espacios que yacían mudos 14
También estaban los salvajes por supuesto..... 19
Los nootkas cazaban ballenas desde siempre ... 21
Pero volviendo ahora por un momento....... 24
El año de la gran helada.................... 28
Sé con exactitud cuándo 30
De regreso del poblado absaroka............. 39
De esa historia del pueblo minero 46
Perseguido por una fragata francesa.......... 58
Hallelujah tiene manos pequeñas............. 67
Cuando nació el último hijo era una niña 79
De vez en cuando durante las noches insomnes........................... 83
Colgarán a mi madre el primero de mayo en Yuba 87
Aunque estábamos leyendo a Platón 93
Se inclina sobre mí y me dice 98
Isaac cayó destrozado por una fiebre lenta..... 102

En aquella ocasión Joshua me reveló
un secreto 106
Corría el rumor de que un hombre curaba
a los locos 111
Cuando regresé era verano. 116
A propósito el juez Macauley. 121
Antes de acabar en México 127
Me mordían esas noches de insomnio 130
El último al que va a recoger es Joshua 134
Empezó diciendo entonces 139
Así que ahora en la noche alrededor de Yuba. . . 148
Llegó ese hombre un anciano 158

Agradecimientos 169